田纳西·威廉斯剧作的伦理问题研究

赵春花／著

·长春·

图书在版编目（CIP）数据

田纳西·威廉斯剧作的伦理问题研究 / 赵春花著. --
长春 : 吉林大学出版社, 2021.6
ISBN 978-7-5692-8372-3

Ⅰ.①田… Ⅱ.①赵… Ⅲ.①威廉斯(Williams,
Tennessee 1914–1983)—戏剧文学—文学研究 Ⅳ.
①I712.073

中国版本图书馆CIP数据核字(2021)第109938号

书　　　名：田纳西·威廉斯剧作的伦理问题研究
　　　　　　TIANNAXI WEILIANSI JUZUO DE LUNLI WENTI YANJIU

作　　　者：赵春花　著
策划编辑：黄国彬
责任编辑：张宏亮
责任校对：蔡玉奎
装帧设计：刘　丹
出版发行：吉林大学出版社
社　　　址：长春市人民大街4059号
邮政编码：130021
发行电话：0431-89580028/29/21
网　　　址：http://www.jlup.com.cn
电子邮箱：jdcbs@jlu.edu.cn
印　　　刷：三河市嵩川印刷有限公司
开　　　本：787mm×1092mm　　 1/16
印　　　张：9.5
字　　　数：150千字
版　　　次：2021年6月　第1版
印　　　次：2021年6月　第1次
书　　　号：ISBN 978-7-5692-8372-3
定　　　价：58.00元

前　言

　　与威廉斯（Tenessee Williams）一路走来，已历经十余年。回想当初选择威廉斯作为研究对象，也绝非偶然。在大学本科期间，主修英语教育专业，偏向于文学，也许相对于语言学的刻板严谨，我更喜欢文学的浪漫，它能够激起人们的无限憧憬和遐想。也有一些原因是因为喜欢教授英美文学的老师王莎烈教授。她知识渊博，待人和善，不拘小节。当初非常着迷上她的英国文学课，每次课都是到前排就座，从不逃课。因此学士论文毫不犹豫地选择了文学方向。《德伯家的苔丝》是英国著名的批判现实主义小说家托马斯·哈代（Thomas Hardy）的代表作，也是英国文学史上蕴含最深的悲剧小说之一。自1891年出版以来，这一长篇小说就受到读者的喜爱和批评家的广泛关注。我更惊叹于当时强调贞洁、压抑妇女社会地位的虚伪道德，对苔丝的悲剧命运产生深深的同情。当时对威廉斯所了解的只是他的同性恋身份以及剧作获得的奖项。除此之外，别无其他。

　　2004年至2007年于吉林师范大学攻读硕士研究生，进入撰写毕业论文阶段后，就到任职的学校边上班边准备论文材料。因为对文学还是情有独钟，硕士学位依然是坚定地选择文学方向，而且是英美文学，并且从师文学方向的高卫红教授。在她的课堂上，我对威廉斯有了深入的了解。田纳西·威廉斯是继尤金·奥尼尔（Eugene O'Neill）之后活跃在美国戏剧舞台上的剧作家。他的一生是充满了矛盾与神秘的一生，也是艰辛与辉煌并存的一生。当人们为短短的、仅一百年的美国戏剧赞叹的时候，都会想起这个天才剧作家所塑造的那些哀婉忧伤、充满野性而又失魂落魄的南方女性和不断流浪、逃亡、彪悍、性感的男性群像。他剧作中大量象征符号和宗教神话原型在为传统的神话传说注入新的内容的同时，也极大地丰富了美国戏剧舞台；而他对美国戏剧所做的最大贡献莫过于在舞台上刮起了一股诗化戏剧的旋风，为各种主义、流派林立的百年戏剧画卷涂抹上浓重的一笔。尤其是他塑造的美国南方淑女形象给我留下了深刻的印象，并对造成这种后果的原因产生了极大的好奇心。继而在高教授的悉心指导下，运用弗洛伊德（Sigmund Freud）的"三部"人格结构理论解析了悲剧原因。

参加工作后，完成教学工作之余，我仍然继续我的学科研究，对威廉斯及其作品进行了更加系统深入的研究，并申报了课题，撰写了相关论文。近些年随着中国改革开放和外来文化的冲击，使得一些人淡忘国家意识、消解民族意识，失去对传统的认同感，迷失在文化多元的社会里，找不到道德边界。尤其是进入21世纪后，我党提出构建社会主义和谐社会的战略任务，而和谐社会的构建离不开伦理道德问题。对我国当前的伦理道德状况，学界有着"滑坡论""爬坡论""代价论"的纷争。可是以下现象却是公认的：社会的某些领域道德失范。是非、美丑、善恶界限混淆，拜金主义、享乐主义、极端个人主义滋长，见利忘义、损公肥私行为时有发生，不讲信用、欺骗欺诈成为社会公害，以权谋私、腐化堕落现象严重存在。这些现象表明，虽然我们不能说道德信仰危机是一个普遍存在的问题，但道德信仰危机曾在并正在一些人身上发生是毋庸置疑的。如果这些问题得不到及时有效的解决，必然会损害正常的经济和社会秩序，有损改革发展稳定的大局，影响社会主义社会的和谐发展。因此，探讨威廉斯作品中处于社会转型期的美国南方人的伦理困境及选择对于转型时期的中国人是非常有必要和有借鉴意义的。

本书首先阐明威廉斯伦理道德思想形成的原因，一方面源于威廉斯所处的社会背景，另一方面威廉斯的成长环境和生活经历影响了其伦理观的形成。而威廉斯对于人与社会、人与人之间以及人与自我之间关系也深刻地印证在他的艺术创作风格上。如哥特式风格、地域意识、现实主义特征、浪漫主义特征反映了作家对人与社会之间关系的思考，人文主义思想体现了作家对人与人之间关系的反思，"雌雄同体"思想则表达了作家对人与自我之间关系的思索。然后，本书对威廉斯主要剧作，如《玻璃动物园》《欲望号街车》《热铁皮屋顶上的猫》《蜥蜴之夜》及《玫瑰鲸纹》等作品中的各种生活、社会关系和现象进行客观的伦理分析和道德评价。如作品中人物伦理身份的缺失与背弃，人物所面临的伦理困境以及如何在寻求伦理意识的过程中所做出的伦理选择。并总结出威廉斯的伦理诉求。人与社会层面上，通过探讨其笔下不合时宜的南方中下层社会小人物，得出其"求真"的伦理主张：积极面对变化，改变自己命运；人与他人层面上，通过对家庭成员关系的关注，得出其"求善"的伦理诉求：要有责任感，互助互爱，相互关心；人与自我层面上，通过分析其笔下失意的女性形象所面对的伦理困惑，得出其"求圣"的伦理诉求：独立、自省、正确认识自我，实现身心和谐。从而有助于深刻认识到美国南方传统文明与现代都市文明的激烈冲突下南方人面临的伦理困境。最后，本书对威廉斯的前期和后期作品进行了总体评价。

本书的学术价值在于将伦理学、社会学和文化研究等融为一体进行跨学科的多视角研究，有助于拓宽威廉斯研究的学术视野；对于美国南方社会中的小人物在社会转型期面对文化生活方式的改变所经历的艰难和痛苦遭遇有更深刻的认识。其应用价值在于可以帮助读者更深刻地认识作家和解读其作品，为我国戏剧创作和研究提供借鉴；对处于社会转型时期的中国加强伦理道德建设及构建社会主义和谐社会有参考价值；对现代生活的伦理道德价值探索具有现实意义。

十余年一路走来，由于能力和时间所限，本书所探讨的文本相对于威廉斯的全部创作来说，只是管中窥豹，研究的深度和广度还有待提升。

目　　录

第一章 绪 论

　　田纳西·威廉斯是二战后至20世纪60年代美国百老汇舞台上最具代表性的作家之一。他以敏锐的观察力捕捉文化变迁和社会动荡中的人生悲剧，勾勒出具有地域特色和时代特征的美国风俗画面，在思想性和舞台艺术上都取得了突出的成就。因此美国评论界对他一直非常关注。

　　威廉斯的作品在社会产生的强烈反响，在学界引起了广泛关注。国外学者从多重角度出发，以专著和论文的形式对文本及作者进行细致的分析和阐释，深入挖掘其学术价值，为读者更加深刻地理解他的作品奠定了坚实基础。与国外卷帙浩繁的研究著述相比，国内对田纳西·威廉斯的剧本以专著、学术论文和学术文章的形式对文本进行了不同视角的解读，为国内读者把握他的作品提供了相应的阅读与理解方向。

　　本课题以文学伦理学批评这一中国本土的文学批评方法为理论基础。文学伦理学批评有其自身诞生的重要意义与价值。该理论的提出者聂珍钊教授认为，随着改革开放政策的不断推进，我国学术界与西方学术界的交流与互动日益频繁，大量西方文学批评方法被引介至国内并得到广泛传播，由此形成我国文学批评中西交融、多元共生的学术局面。经过对被引入国内的西方论说进行梳理和整合，这些数目繁多的批评方法大致可被分成以下几类：一是强调文本形式价值的形式主义批评，如俄国形式主义、美国新批评和结构主义等，这些注重形式方面的文学批评方法曾在国内盛极一时。二是强调在现实的社会关系中，文化是如何突显自己且受制于社会体系的文化批评。在研讨文学的视域中，这种批评方法着重从文化的角度入手来探究文学创作，如文化与意识形态、文化与霸权主义的联系。三是从社会和政治方面探讨文学的批评视角，如新历史主义批评、女性主义批评、生态文明理论、后殖民主义理论等。这些批评方法虽然在分析文学文本时也会从性别、种族、文化等方面表现出人本主义和道德判断的倾向，但最终仍会回到各自理论的基础，如历史、形式或环境的起点上去评价文学。由此观之，从西方介绍到中国的诸多文学批评方法，在总体上呈现出伦理价值缺失的特征与立场。

由于文学批评方法中的伦理缺席，中国学术界的文学批评出现了这样一种现状：文学批评中缺少道德评价和伦理价值的宣扬，文学创作者和批评家缺乏道德判断和社会责任感。在这种倾向中，作家和批评家在社会分工里本应承担的社会责任遭到曲解和误读，有些作家包括批评家狭隘地理解其社会职责，认为依靠作品宣扬道德价值和承担社会责任会限制艺术创作自由和想象力的发挥。同时，注重文学的社会功能，有可能使文学变身为政治的号角，使文学本身的艺术价值被政治禁锢所取代。一些文学家在文学创作和文学批评中强调创作自由，却忽略了文学的社会责任。他们片面地将自由和责任对立起来，认为自由可以不履行职责，要承担责任就是不自由。基于这样的声音，聂珍钊教授认为，这种伦理道德价值缺失的文学批评所带来的后果是十分严重的。在市场经济浪潮的推动下，文学经济利益的最大化变成了文学创作者和批评家的唯一追求。出版商的经济效益，书籍销量排行榜，作者的知名度仿佛成为衡量文学价值的主要标准。一些人为了赢得更多的经济效益，将文学净化人类心灵、提升精神境界的真正价值搁置一旁，一味描写物质欲求和感官享乐，用声色犬马取代伦理道德，本应承担社会教化功能的文学变成了纵欲消遣的工具。文学伦理价值的缺席必然导致人类的精神堕落和信仰危机，基于这种文学批评倾向的出现，文学伦理学批评应运而生。

一、研究缘起

从读研开始，美国剧作家田纳西·威廉斯的情感生活、文艺创作以及他的时代就一直是本人最想去了解、研究以至于深度挖掘的作家。他笔下哀怨的南方淑女、绅士们以及神秘的南方庄园，都给我留下了深刻的印象并仿佛感同身受。而且根据我国国情，党的十八大提出要扎实推进社会主义文化强国建设，通过加强社会主义核心价值体系建设，进而全面提高公民道德素质。在全面建设小康生活的关键时期，这些需求都为中国社会道德建设提出了新的课题。同时广大人民群众迫切期望建立文明、健康、科学的生活方式，迫切期望形成团结互助、平等友爱、共同前进的新型人际关系。由此可见，社会主义道德建设意义重大、任重道远。

改革的深入和市场经济的发展使得社会愈来愈趋商业化，科技、经济迅猛发展，使道德教育相对落后于经济和社会发展的需要，市场原则与道德原则出现价值矛盾。而社会的贫富差距的拉大又使得人们心里的不平衡被放大，虽然人们生活普遍有所改善，但对社会的不满足情绪还是存在的，一些人难以适应这个复杂的社会，很容易就做出了一些超越道德底线的事情。同时，虚拟网络高科技的应用减少了人们亲密接触的机会，人与人之间的关系变得淡漠，对人性的理解以及个人思想品德的健全发展都有不良影响。

除了经济发展与教育的不匹配以及社会贫富差距拉大的原因之外，国民素质普遍不高也是一个原因。对于道德觉悟不高的群众来说，社会舆论是一个道德风向标，他们很容易跟随舆论的方向走。社会舆论可以领导主旋律文化，但是一些消极舆论氛围也不同程度地存在。例如一些对社会良知、好人好事的无端质疑，经过一些媒体的聚焦放大后，客观上对社会舆论起着不利于道德普及的消极作用。那些盲目跟随舆论的民众就容易走向错误的方向。

多元文化的冲击也是其中的重要原因之一。开放的现代社会不可避免地要面对外来文化与已有的传统文化的碰撞。传统的道德规范、道德原则和道德价值观念也不可避免地出现了多义性、多变性和多元性。在外来文化的冲击下，很容易就使得一些人淡忘国家意识、消解民族意识，失去对传统的认同感，迷失在文化多元的社会里，找不到道德边界。所以在此时对作品反映出南北文化差异和冲突的威廉斯采用文学伦理学批评方法进行分析，就意味着站在伦理道德的角度为现代生活的伦理道德价值探索提供借鉴。

二、国外研究现状

由于田纳西·威廉斯在美国现代戏剧史上有着举足轻重的地位，因此美国评论界对他一直非常关注。从他在美国戏剧舞台上崭露头角，到去世30多年后的今天，人们对他的兴趣始终不减。如果把关于他的传记、专著以及各种散见于报刊和论文集中的研究文章收罗起来，完全可以构成一个颇具规模的专题图书馆。概括地说，美国学术界对田纳西·威廉斯的研究评论主要集中在这样几个方面：

第一，关于田纳西·威廉斯的生平传记和家族、文化背景与他戏剧创作关系的研究。

美国出版的田纳西·威廉斯传记有14本之多，由于角度、材料、观点和出版先后等原因，学术界对这些传记也褒贬不一。其中较著名的有莱尔·莱弗里奇（Lyle Leveric）的《汤姆：不为人知的田纳西·威廉斯》（1995）。该书以剧作家早年的日记为主要线索，采集了大量鲜为人知的原始材料，为读者展现了更具私密性的"汤姆"（田纳西·威廉斯）的成长经历、独特个性和真实面貌。而布鲁斯·史密斯（Bruce Smith）的《昂贵的演出，田纳西·威廉斯：最后的舞台》（1990）则

为我们提供了剧作家走向生命尽头的最后岁月的实况，其中包括田纳西·威廉斯最后一部多幕剧《一家夏季旅馆的服装》被搬上舞台时所遇到的困难与波折。不过令人遗憾的是，这位传记作家过于强调他与剧作家的私人友谊，溢美之词和夸饰描写过多，冲淡了本应有的史料性和公正性。

哈里·拉斯基（Harry Rasky）的《田纳西·威廉斯：一幅既快乐又哀伤的肖像》（1986），主要记录了作者在拍摄纪录片《田纳西·威廉斯的南方》时，同剧作家一道工作时发生的事情，为读者提供了当时田纳西·威廉斯的生活和情感的记录。书中所采用的对话体叙述方式，借鉴了传媒交流的语汇，因而增强现场实录感。剧作家的老友唐纳德·温德姆（Donald Windham）的《失去的友谊：一本有关杜鲁门·卡波特，田纳西·威廉斯及其他人的论文集》（1987），在涉及威廉斯的部分，作者的小标题是"可能……对威廉斯的个人看法"，该书为读者提供了一个较新颖的视角和写作方法，从一种向前的、发展的角度，而非回顾的、检讨的笔调将自己对田纳西·威廉斯的观察和个人感受展现在读者面前。

在关于田纳西·威廉斯的传记中，较全面和较详细地记录了其心路历程的佳作，应该是唐纳德·斯波托（Donald Spoto）的《陌生人的善心：田纳西·威廉斯的生活》（1985）。该书最大的优点是以编年史的方法记录了剧作家的成长历程，使读者能够十分便捷地查找田纳西·威廉斯在某个时期的行踪。不过与莱弗里奇的传记相比，斯波托在处理材料方面还显得不够流畅，也缺乏一个十分明确的主题。与这本书同年出版的是多森·雷德（Dotson Rader）的《田纳西：哭泣的心灵》（1985），它提供了剧作家离开巴恩斯医院直至去世这段时间的许多生活资料以及他们之间的私人友谊。

另外，剧作家的母亲和弟弟所写的《代我向汤姆问好》（1963）和《田纳西·威廉斯：一本私人化的传记》（1983），分别从家族和亲情的角度对剧作家的成长、个性、生活环境进行了回忆，提供了许多鲜为人知的珍贵资料，对我们从南方文化背景去研究剧作家的生平有较大帮助。另外理查德·莱维特（Richard Leavitt）以照片、节目单和海报为主要内容编辑的《田纳西·威廉斯的世界》（1978）也值得一提。该书把田纳西·威廉斯的生活照片、演出海报、节目单、报刊评论、剧本封面、书信以及手稿等第一手资料，按照主题进行编辑，多层面地表现了剧作家色彩斑斓的艺术人生。

学术界还出现了一些试图把传记和文本研究结合起来的研究著作，这些著作总体上看比较肤浅，牵强附会的臆测内容过多，冲淡了应有的学术价值。如凯瑟琳·阿诺特（Catherine Arnott）的《田纳西·威廉斯的档案》（1985），试图勾连田纳西·威廉斯的传记、剧评、日记等相关资料，进行综合考察。该传记对剧本的研究在某些方面具有独到之处，但它所使用的剧作版本不太流行（上面只标注了页码，而不是第几幕第几场），因此有一定的局限性。罗纳德·海曼（Ronald Hayman）的《田纳西·威廉斯：每一个人都是观众》（1993），以年代和事件的发展顺序为线索，将剧作家的生活和文本研究有机地结合在一起，从而为读者提供了一个解读剧作家的有效途径。

第二，从戏剧学、文艺学、社会学和文化思潮等方面，集中开展对田纳西·威廉斯剧作文本的研究和解读。

这方面的主要成果有：爱丽思·格里芬（Alice Griffin）的《理解田纳西·威廉斯》（1995），该书文字浅易、评介客观，从文学和戏剧两个方面，帮助读者更加准确地把握剧作家主要作品的思想内涵和艺术成就。布伦达·墨菲（Brenda Murphy）的《田纳西·威廉斯和伊莱亚·卡赞：在剧院的一种合作》（1992），对卡赞导演的田纳西·威廉斯的四部剧作进行了分析，指出由于这两位天才艺术家的珠联璧合，从而在20世纪50年代的戏剧舞台上掀起"美国风格"。

三、国内研究现状

中国对田纳西·威廉斯的研究已有40多年的历史，经历了不同的阶段：首先是对作家及其作品的介绍，接着是对其审视与批评。

1963年，英若诚翻译了威廉斯的独幕剧《没有讲出来的话》，至今已有50多年的时间。但中国评论界对威廉斯作品的评论仅仅始于1979年，至今已有40多年。威廉斯在中国的研究包括作品翻译、评论、文学史介绍、博硕士论文和演出等等（关于该作家剧作在中国的演出情况不在本章讨论范围内）。研究主要包括中国知网的威廉斯研究评论文章、已经停刊的《外国戏剧》上曾刊发的威廉斯研究论文、博士论文等。

随着中国的改革开放，威廉斯也走入了人们的视野。从1979年到整个80年代出现了威廉斯研究评论性文章30篇，集中在剧作家及其作品介绍和《欲望号街车》（1947）的评论上；90年代的28篇评论拓宽了对剧作家及其作品的研究范围，且出现了对作家戏剧诗学和人物观的研究。2000年后对威廉斯的研究热度急剧增强，二十余年间评论文章已多达240余篇，出现了同性恋专题研究、与中国作家比较研究及作家作品在中国的接受研究。回顾40余年的威廉斯研究历程，中国学术界经历了对威廉斯及其剧作的介绍、审视与批评的过程。

令人不可思议的是，最早的单部作品评论是1981年关于威廉斯戏剧的电影改编研究，而不是剧作研究。一匡编译了电影剧本《欲望号街车》，译文前增加了相关评论和原编者奥·索尔（Oscar Saul）的影评。他也提到了导演卡赞和威廉斯为了体现原作的主题，如何强调对舞台灯光、音乐及声响的处理。奥·索尔提到《欲望号街车》中带有喜剧性的嘲讽在电影改编中比在舞台上要发挥得更好，而"这种嘲讽是威廉斯用戏剧反映现实的一种手段"。对这种手法的探讨在威廉斯的评论中至今仍具一定的意义。对威廉斯剧作电影改编的研究是不容忽视的，因为作家在戏剧创作时有意识地运用了电影中的一些技巧，例如一连串而重叠的情节，"渐现""渐出"的舞台调度、凸现剧情背景的音乐设计、极具表现力的灯光效果等等，这使得将他的戏剧改编成电影相对容易。

在1979年至80年代的评论中，除了对单部作品《欲望号街车》和《牵牛花破坏案》（1939）的研究外，多为概述性介绍和评论。而即使对这两部作品的评论，最初也是和译文同时出现。这在人们不熟悉作家作品时是十分必要的，而《外国戏剧》在这方面是功不可没的，该刊发表了不少关于优秀外国戏剧方面的翻译、介绍及评论，其中6篇是关于威廉斯的。但由于经费原因，《外国戏剧》在1987年1月停刊，很多学者提起该刊仍甚是怀念。

值得思考的是，中国学术界首先关注的是在美国刚刚面世时就遭受非议的，涉及强奸、同性恋、伦理道德的《欲望号街车》，而不是作家的成名作，主要涉及贫困与怀旧的家庭悲剧《玻璃动物园》（1944）。直到90年代，才出现对《玻璃动物园》的专题研究，1991年汪义群的《试论田纳西·威廉斯笔下的南方女性》主要结合《玻璃动物园》《夏与烟》（1948）和《欲望号街车》深入探讨了这些"孤独、失意、怯弱而心灵扭曲的女性形象"。为我们从总体上把握其作品中颇具特色的女性形象提供了鉴赏角度。而徐锡祥、吾文泉关于《欲望号街车》中的象征主义、表现主义及"诗化现实主义"的文章亦是论述该作家戏剧表现手法方面研究的新的尝试。

21世纪初开始，越来越多的人去谈论威廉斯作品中的人物、主题及戏剧表现手法方面。2002—2009年出现的8部威廉斯研究博士论文中，李莉关于南方女性形象的论述突破了威廉斯三部主要剧作（《玻璃动物园》《欲望号街车》和《热铁皮屋顶上的猫》），延伸到其他剧作，并认为这些女性形象表现出一种变化的趋势：由早期剧作中依赖他人的南方弱女子到具有觉醒意识和抗争精神的女性，再到后来的越来越具有独立意识的女性形象。李尚宏在分析布兰奇的堕落时指出，"根本原因是她因造成同性恋前夫自杀而产生了强烈的自责心理，这种自责让她不惜以世人鄙夷的纵欲来惩罚自己，而导致艾伦之死的原因则是美国社会中长期以来对同性恋的排斥与打压"①。他从美国社会道德观的视角而不是从美国南方社会工业化转型的视角来审视布兰奇这一形象。另外，对戏剧中人物的研究集中在并没有出场的人物身上，关于威廉斯运用"隐形人物"的戏剧表现手法有着特殊的意义，如《玻璃动物园》中的父亲，《欲望号街车》中的艾伦，《热铁皮屋顶上的猫》（1955）中的斯基普，《去夏突至》（1958）中的塞巴斯蒂安，《玫瑰黥纹》（1951）中的丈夫，《小手艺的警告》（1972）中的弟弟等。关于这些不出场的人物，作家是如何表现他们对台上人物的影响、对情节发展和主题表达的作用？作家塑造这些人物的动机又是什么？方军、王剑华从三个方面阐释了威廉斯戏剧中的部分"隐形人"形象有利于剧本的结构安排，有助于述说剧本的隐秘情节，有助于完成人物特定的心理造型。而对上述问题的探究会使我们发现一个共性，威廉斯作品中的隐形人物对台上的人物都造成了不同程度的心灵创伤。

尽管对威廉斯的研究始于20世纪70年代，但直到21世纪初才开始出现对威廉斯及其作品的同性恋专题研究，由于作家本人的同性恋身份及作家创作的大部分时期社会对同性恋的严厉打压，作家在其大部分作品中均采用了隐蔽的戏剧表现手法来抒发这种压抑的情感，来表达同性恋的生存状态。虽然麦克尔·帕勒（Michael Paller）在专著《来访绅士田纳西·威廉斯、同性恋及二十世纪中期戏剧》（2005）中通过对威廉斯主要的独幕剧及多幕剧进行研究，认为威廉斯很好地运用了隐藏彰显技巧来言说同性恋的情感世界，可谓分析入木三分。但我国的研究仍体现了我们独特的研究视角。已有2部博士论文、12篇文章通过单部作品研究或比较研究专题探讨了作品中的同性恋主题。如，通过细读文本法，李尚宏分别对《玻璃动物园》和《欲望号街车》中隐蔽的同性恋主题进行了阐释。同性恋主题的比较研究方面，如章渡和方军分别对白先勇与威廉斯的创作进行了比较研究，并从白先勇的作品分析说明其在创作上如

---

① 李尚宏.悲剧并不发生在舞台上——《欲望号街车》主题辨析［M］.外国文学评论,2008(3):
113.

何受到威廉斯的影响。张敏则比较论述了《美梦重圆》（1991）对《欲望号街车》的重新演绎，认为作品反映了同性恋题材的不同时代气息，《欲望号街车》舞台表达含蓄，意蕴更加丰富，《美梦重圆》舞台表现更加直率大胆。

关于威廉斯戏剧诗学的研究一直备受我国学术界的关注，早在1979年发表的《美国当代戏剧家威廉斯》中作者杜定宇便提到威廉斯戏剧中的诗意，他"运用解说员、非传统性布景和诗体对话等方法进行实验和创新"，"充分运用戏剧的诗意体现、抒情语言、灯光布景，将通常的自然主义素材加以改造，突破传统的写实主义，创造出具有象征性的个性和人物"，并具体分析了《大路》（1953），"这出表现主义戏剧"。随后不断有关于威廉斯戏剧中象征手法和表现主义技巧方面的研究，曹国臣的《威廉斯的戏剧艺术》。该文虽然带有时代意识的烙印，但论述严谨，并提出自己对作家"造型戏剧"的理解。张敏在博士论文《论田纳西·威廉斯的"柔性"戏剧观》中以威廉斯在1944—1961年创作的主要剧作为对象，抽象出其戏剧诗学中所体现的"柔性"特质，从诗化的语言、抒情的戏剧氛围及写意的舞台表现的角度展开论述。

威廉斯与中国作家作品比较研究、威廉斯在中国舞台等有自身特色的研究更是我们在威廉斯研究上可喜的成果。吾文泉的《跨文化诗学研究与舞台表述：田纳西·威廉斯在中国》从威廉斯剧作的译介，《欲望号街车》的中国批评范式，跨文化表述，跨文化对话中的"异质反应"几个部分展开论述。作者认为中国意识形态长期对批判现实主义作品的青睐使得威廉斯的剧作远没有米勒（Arthur Miller）的社会剧那么容易被接受和理解，但这种情况会随着时间的推移而改变。在对威廉斯与中国作家作品的比较研究中有沈从文与威廉斯之比较，白先勇与威廉斯之比较，曹禺与威廉斯之比较，方方与威廉斯之比较等。这些文章读起来有一种新鲜感，也促使我们对作家的创作动机、影响及一些共性与差异的方面有更清晰的辨别。

对威廉斯及其作品的介绍、审视和批评并非一个线性的过程，而是一个螺旋式发展的过程。仍有很多方面需要介绍和了解,以便更好地学习、审视与批评。

众所周知,1944—1961年虽然来自批评家的褒奖、贬损之词都有,但仍然可以说是威廉斯尽享盛誉时期。创作并演出了许多优秀剧目《玻璃动物园》《欲望号街车》《夏与烟》《玫瑰黥纹》《大路》《热铁皮屋顶上的猫》《琴仙下凡》(1957)、《花园区》(包括《去夏突至》和《没有讲出来的话》)(1958)、《青春甜蜜鸟》(1959)、《调整期》(1960)、《蜥蜴之夜》(1961)等。对这一时期戏剧创作的研究一直是学界的焦点。

从中国的研究情况来看,在威廉斯单部作品专题研究方面,《欲望号街车》有评论103篇,《玻璃动物园》46篇,《热铁皮屋顶上的猫》14篇,《去夏突至》《琴仙下凡》和《夏与烟》分别为3～4篇。整个1995年代除《欲望号街车》的评论外,还有一篇穆南对《牵牛花破坏案》的翻译与评论,直到1998年才出现对《玻璃动物园》的专题评论。1998年对另外三部剧作《去夏突至》《琴仙下凡》及《青春甜蜜鸟》的介绍均出自周维培之手。尽管在介绍性或概述性文章中也提到威廉斯其他作品,但从数量上看,对单部作品的评论集中在剧作《欲望号街车》《玻璃动物园》和《热铁皮屋顶上的猫》上。

研究剧作如此集中,不免有重复之作,这是一种毫无价值的对资源和精力的浪费。但这并不意味着不再审视同一剧作,甚至同一话题。在104篇威廉斯戏剧人物形象专题研究论文中有82篇是关于女性形象研究的,其中南方淑女形象似乎成了威廉斯戏剧中女性形象的代名词,她们敏感、怀旧、自恋,时过境迁却不能适应新的环境,往往被认为是美国南方从农业化社会向工业化社会转型过程中的牺牲品。但如果细细品味威廉斯主要剧作中的女性形象,我们会发现《欲望号街车》中的布兰奇更是一个时代道德的牺牲品。《玻璃动物园》中的阿曼达喜好回忆和幻想,但仍是一个很重实际的,通过电话销售期刊,自己不断寻找经济来源,庇护女儿的坚强的家庭主妇,劳拉的羞涩与退缩更多的是来源于她身心的残疾。《夏与烟》中阿尔玛自恋，但更像是传统宗教的牺牲品。《热铁皮屋顶上的猫》中的玛格丽特是一位富有活力，敢作敢为，为自己的命运抗争的女性。《玫瑰黥纹》中的塞若芬娜是一位粉碎了伪饰，热情地去拥抱爱与生活的女性。《琴仙下凡》中的拉迪是一位向往美好生活，复仇的女性。《蜥蜴之夜》中的玛克辛是一位泼辣，性感的女性，汉娜是一位理智，追求某种精神境界的女性。固然，这些鲜活的女性形象离不开南方社会的大背景，但她们仍有着自己鲜明的个性特点。

同时，对威廉斯初期创作（20世纪30年代—40年代初）和后期创作（20年代60中期—80年代初期，关注甚少。在其创作初期剧作研究方面，仅有对《牵牛花破坏案》的2篇评论分别发表于1984年和2005年。其中译者穆楠在《一个遗世而独立的新世界——浅析〈牵牛花破坏案〉》（1984）中结合威廉斯的思想、生活及在文学史中的独特之处深入细致地剖析了这部独幕剧，至今读来仍颇有深意。对其后期作品的研究亦少，李英的论文《幽冥之中的孜孜求索——田纳西·威廉斯后期黑色喜剧的人性化探索》以威廉斯后期剧作为例，探讨了剧作所体现的反英雄式主人公，自白式特点，对"酗酒、吸毒、精神分裂"等主题的大胆描写及日趋削弱的性暴力描写等，有利于我们管窥威廉斯的后期创作。徐怀静的《妈妈的儿子：处于边缘的男人》以《大地王国》（1968）中拉特为例，通过剖析美国文化中男性气质的建构，分析了田纳西·威廉斯笔下遭受性别身份危机的男性人物。但相对于威廉斯一生的创作而言，我国的威廉斯研究则显得视域过于狭窄。

威廉斯成名前及其后期戏剧亦是其作生涯不可分割的一部分。威廉斯一生创作剧作约为105部，美国威廉斯研究学者艾林·海尔（Aileen Hel）等人一直在整理、甄别、研究作家手稿，并从他的手稿中不断发掘出"新剧"。马修·卢达尼（Matthew Rodane）认为，在《玻璃动物园》使作家一举成名之前，威廉斯写了"超过35部剧作，25个短篇故事，由'新方向'收集在《五位美国青年诗人》（1944）里40多页的诗歌，以及其他一些威廉斯自己也记不起来的东西"。这些戏剧与威廉斯成名后剧作相比透露出不同的气息，它们关注无产者、被压迫阶层和种族问题，带有明显的社会批判意识和无产者的反抗精神，如1998年首演的《与夜莺无关》反映了遭囚禁者狱中生活的残酷，《矿灯》（1937）描写了煤炭矿工几代人的贫困生活及其罢工，《逃遁者》（1937）反映了美国大萧条时期的生活等。

而这一时期不断被发掘的手稿和"新戏"不断以新书和戏剧首演形式面世，亦促使人们对作家初期创作有所认识。2011年出版的《魔幻小屋与其他独幕剧》收集的13部戏剧中9部为实验期剧作。2010年9月在普罗温斯敦威廉斯戏剧节上首次搬上舞台的《美国哥特》，使人们思考威廉斯整个创作中幽默、苦涩的哥特式特征。而2010年秋季学期纽约大学戏剧系罗伯特·沃尔利茨基（Robert Vorlicky）教授和弗里茨·埃特尔（Fritz Ertl）导演开展的"威廉斯项目"则是从生态视角审视威廉斯的戏剧，突出其剧作所蕴含的世界万事万物的变化性，没有"自然的"规范，没有规范的性，没有一成不变的身份。拍戏时突出了动物意象，灵活运用构成生命要素的水、土、火和气来表现剧作的要旨。项目所涉及的5部独幕剧中有两部创作于30年代，分别为《莉莉，你为何不停地吸烟》（1935）和《胖男人的妻子》（1939），这两部剧不同程度地表达了性压抑及生活变化的可能性。这一时期戏剧孕育着威廉斯成名作的雏形，亦涉及非主流性取向等题材。如早期戏剧《火焚》（1941）利用隐形人物、象征手法等表现那种不可言传的同性恋主题及同性恋的悲剧命运，而这种强烈的压抑的情感的隐喻表现形式不能不说催熟了他的戏剧诗学——柔性戏剧观。《与夜莺无关》探索贯穿作家戏剧创作始终的逃遁主题，以监狱影射人们生活其中的社会，探讨自由的可能性等。其初期创作从主题、表现形式等方面使我们看到了作家创作之初的探索与实践，亦渗透了作家抒情表述的戏剧诗学萌芽。

而威廉斯《蜥蜴之夜》之后的剧作主要包括《牛奶车不再在此停留》（1963）、《滑稽悲剧》（1966）、《地球王国》（1967）、《两人物剧》（1973）、《在东京旅馆的酒吧里》（1969）、《小手艺的警告》（1972）、《夏日旅馆的服装》（1980）等。美国对威廉斯60年代以后剧作的批评仍然有两种不同的态度，一种认为这些剧作过于自白化，失去了前期作品的艺术价值，如布鲁姆（Harold Bloom）等；另一种态度则比较积极，认为作者在继续进行艺术实验与创新，具有不可替代的艺术表现力，如克林（Philip Kolin）、马丁（Martin）等。布鲁姆在编辑的论文集序言中认为威廉斯1953年到1983年在艺术创作上走下坡路。马丁曾指责布鲁姆不懂戏剧，"布鲁姆教授好像对现代戏剧知之甚少，对作为剧作家的田纳西·威廉斯所知更是凤毛麟角"。

但威廉斯60年代遭受冷遇，有其个人因素，更有其文学和社会历史原因。麦卡锡统治的50年代冷战时期已经成为过去，欧洲学生运动、女权主义运动、同性恋争取权益运动直至1969年"石墙事件"爆发，整个60年代是反抗和激进的年代。戏剧上则出现了表现生存荒诞的荒诞派戏剧。威廉斯这一时期的戏剧表现了作家对荒诞戏剧的实验和探索，如运用重复而无意义的对话，服装道具上的夸张处理等。虽然威廉斯也在积极地进行戏剧创作的革新，但就像他对汤姆·巴克利（Tom Buckley）所说的那样，"我能跟上戏剧的新浪潮，但我不在其中"。那时的受欢迎剧作家是贝克特（Samuel Beckett）、阿尔比（Edward Albee）等，而威廉斯的剧已不能满足人们在新时代新的戏剧审美需求，不能呼应并表达60年代人们的情绪。到了70年代威廉斯的声望开始复苏。1970年在大卫·弗洛斯特（David Frost）对威廉斯的采访中，威廉斯首次公开坦白了自己的同性恋身份，并博得了听众的掌声，这不能不说是他对时代的回应。1972年《小手艺的警告》在外百老汇连演200场，是《蜥蜴之夜》之后威廉斯最具商业性成功的剧目。一些美国学者开始对这些剧作重新审视和定位。在《待开发之地：田纳西·威廉斯后期剧作》（2002）中克林编辑了15位威廉斯研究学者撰写的论文，他们"没有把它们贬损为早期剧作的阴影，而是认为它们是一种创新，是威廉斯艺术变革的见证"。威廉斯后期剧作为我们理解笔耕不辍的威廉斯及其更具颠覆性和批判性的作品提供了很好的素材。

另外，我国对威廉斯其他形式创作的研究更是凤毛麟角，仅有学者在论及其40—50年代主要作品时有所涉及而已。威廉斯创作的形式不仅包括戏剧，更有诗歌、小说、回忆录、随笔、书信、绘画、电影改编、歌剧改编等形式的创作。在克林编辑的《田纳西·威廉斯百科》中便提到，威廉斯一生酷爱诗歌创作，诗选《五位美国青年诗人》中收录了他的一些早期诗歌，他拥有自己的诗集《城市冬季》（1956）和《双性人，我的爱》（1977）、《诗歌选集》（2002），收集了其他散见于期刊的诗歌、去世后发表的作品及出现在小说、戏剧和电影中的诗歌。而这些不同形式的创作与其戏剧创作间的互文性研究亦会令人有新的认识。因此，拓宽研究视域有助于对威廉斯一生的创作有动态的审视，更全面的认识及更准确的把握。

在我国，虽然之前的学者做了比较深入的研究，但还存在以下局限性：

第一，在研究威廉斯的生平方面，多数传记对剧作家的家族渊源、成长过程、创作道路进行了一定的描述，忽视了家族背景和社会环境对田纳西·威廉斯心理特质的重大影响及成长经历与其戏剧创作之间的联系。

第二，在研究视域方面，多数研究主要集中在《欲望号街车》《玻璃动物园》和《热铁皮屋顶上的猫》等威廉斯三部重要剧作上，造成资源和精力的浪费。

第三，在研究角度方面，多数研究局限于南方文化、同性恋身份及作品艺术特色等方面，视野不够开阔。即使有学者从文学伦理学视角切入，也仅局限于《欲望号街车》和《玻璃动物园》。

第四，除了威廉斯仅有的几部代表作，他的早期、后期的剧作及小说、诗歌在国内均无中文译本，忽视了对威廉斯作品的整体把握和研究。

四、研究的基本思路和观点

本课题研究对象为田纳西·威廉斯剧作中的伦理道德内涵，其焦点为结合当时社会的政治、经济及文化，对作品中人与社会、人与他人、人与自我等各种伦理关系做出符合历史实际的阐释和理解，尤其当陷入伦理困境时，能做出正确的伦理选择。

课题研究的基本思路为首先阐明威廉斯伦理道德思想形成的原因。重点阐述三点：（1）威廉斯所处的社会背景；（2）威廉斯的成长环境和生活经历；（3）社会背景和家庭环境对其伦理观形成的重要影响。然后对威廉斯剧作中的各种生活、社会关系和现象进行客观的伦理分析和道德评价。将威廉斯的剧作置于文学伦理学的视域下，研究其作品中的伦理因素，重点探讨以下三个方面：（1）探讨作品中人物伦理身份的缺失与背弃；（2）探讨人物所面临的伦理困境；（3）探讨寻求伦理意识的过程中所做出的伦理选择。其次对作品中的伦理思想进行研究，总结出威廉斯的伦理诉求。重点从三个层面讨论：（1）人与社会：探讨其笔下不合时宜的南方中下层社会小人物，得出其"求真"的伦理主张：积极面对变化，改变自己命运；（2）人与他人：通过对家庭成员关系的关注，得出其"求善"的伦理诉求：要有责任感，互助互爱，相互关心；（3）人与自我：通过分析其笔下失意的女性形象所面对的伦理困惑，得出其"求圣"的伦理诉求：独立、自省、正确认识自我，实现身心和谐。从而得出威廉斯剧作伦理问题研究的意义与对当代的启示。一方面，深刻认识到南方传统文明与现代都市文明的激烈冲突下南方人面临的伦理困境。另一方面在理论上，拓宽威廉斯研究的学术视野；在实践上，对现代生活的伦理道德价值探索具有现实意义。

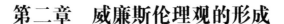

第二章　威廉斯伦理观的形成

　　田纳西·威廉斯在美国戏剧史上有着重要的地位，是一位以南方文明为主题的戏剧作家。从田纳西·威廉斯的戏剧《玻璃动物园》《欲望号街车》和《热铁皮屋顶上的猫》等戏剧的创作主题可以看出生活在新旧时代的人们必然要适应时代的变化，否则就要在自然法则下被淘汰，甚至成为牺牲品。然而无论在威廉斯生存的年代，还是在当今的社会中，积极、健康的社会伦理道德、家庭伦理道德、个人伦理道德对人们面对生存困境有着重要的意义。他笔下的人物多为背离伦理道德，丧失理性，逃避现实，最终走向命运的边缘。从而表现出威廉斯对衰落的南方文化与艺术以及南方女性在社会中地位角色的转变所经历的悲惨的遭遇的极大同情。威廉斯作品中蕴含的创作主题就源于他的伦理观。聂珍钊认为，就作家与创作的关系而论，文学伦理学的研究内容应包括作家的伦理道德观念以及这些观念的特点、产生的原因、时代背景、形成的过程。那么这种伦理观是怎么形成的呢？下面主要从社会背景和家庭环境两个角度对威廉斯伦理观的形成做一探源。

一、社会背景

　　田纳西·威廉斯出生在密西西比州的哥伦布市。威廉斯幼年时期，父亲做旅行推销工作长期在外，他与母亲、姐姐寄居在南方小镇的外祖父家。八岁时父亲升职定居，威廉斯随父从犹如伊甸园般淳朴圣洁的南方沿河小镇搬到了烟雾弥漫、充满着铜臭味的圣路易斯市。在工业化迅速发展的大都市里，人与人之间的隔膜让威廉斯始终无法融入其中。在他成为剧作家后，他用南方的一个州的名字"田纳西"为笔名，以表达他眷念南方的情愫。威廉斯曾说："我是怀着爱来写南方的，我只是因为对这个不再存在的南方的怀念才写了那些导致它毁灭的力量……南方曾拥有这种生活方式，那是与生俱来有着魅力和优雅气质的文化，不像北方是基于金钱关系的社会。"

　　威廉斯生活的年代正是美国南方传统文化受到北方文化侵袭后濒临毁灭的时期。我们知道美国南方文化的形成与南北战争密不可分。学术界习惯把南北战争时期谋求独立的十一个州，即亚拉巴马州、阿肯色州、路易斯安那州、密西西比州、北卡罗来纳州、南北卡罗来纳州、佛罗里达州、田纳西州、佐治亚州、得克萨斯州和弗吉尼亚州等统称为"美国南方"。美国南方在社会发展模式和文化传统上都迥异于北方，各州之间有着很强的文化向心力。这种向心力的形成是基于各州相近的地理环境和共同的历史境遇。温暖潮湿的气候和肥沃的土壤条件让南方成了美国的粮仓。农业是这个地区主导的经济支柱。在南北战争后，南方奴隶制虽被废除，但当地生产仍以种植园经济体制为主。到了20世纪前期，整个美国南方才经历了南北战争之后的最重大变革。美国南方原有的传统是建立在小农生产关系之上的，人们生活悠闲，不崇尚物质金钱，人与人之间的关系充满了愉快和谐。但在北方现代化的侵蚀下，南方逐渐将金钱经济视为新的"宗教"，艺术、浪漫、忠诚、友善等传统被认为不合时宜而惨遭扼杀。而在人际关系上，最大的变化莫过于竞争伦理把人降格成所谓的"经济人"。在这种伦理观的影响下，满足个人的私欲成了处理人际关系的基本原则。历史学家艾伦·崔切伯格（Alan TTrachtenberg）曾认为，新南方的兴起包括机械化和福特式生产方式的发展普及、日常生活的辖域化城市病态的恶性膨胀、商业化消费享乐文化的膨胀等，这些变化汇成了一个整体的 "文化转型"，这个转型来得太迅速、太彻底了，许多人不能彻底地理解这些剧变。与威廉斯同时期的威廉·福克纳（William Faulkner）、卡森·麦卡勒斯（Carson McCullers）、弗兰纳里·奥康纳（Mary Flannery O'Connor）和沃克·帕西（Walker Percy）等被统称为"南方作家群"，他们都目睹了南方社会在现代化侵袭下的溃败，也都体验了南方社会中的小人物在现代工业化转型过程中的艰难和痛苦遭遇。在他们的作品中对南北文化冲突的创作可见一斑。

从《玻璃动物园》到《热铁皮屋顶上的猫》，田纳西·威廉斯一向注重对一些不合时宜的人们的境遇和畸形精神状态的刻画，创作出了亚文化戏剧中的经典。如《玻璃动物园》虽被视为一部家庭剧，但该剧以抒情的笔调叙述了经济大萧条时期美国南方一个不幸家庭如何陷入无法摆脱的困境。阿曼达是威廉斯作品中第一次出现的南方妇女形象。她是个可怜可敬而又荒唐可笑的混合物。丈夫十六年前就离开了家，把年幼的儿女丢给她抚养。这个可怜的被遗弃的弱女子为了维持这个家庭，为了子女的幸福过着艰苦的生活。她严格要求子女，要汤姆勤奋工作，为家分忧，关怀从小病残的女儿。 然而她一样有可笑的一面。她出身于第一次世界大战前的南方，怀念过去曾经有过的风流岁月，以及那个时代的礼节和道德标准。她永远沉浸在对往事的回忆中，不能面对现实。然而这个富于幻想的女人最终还是逃脱不了严酷的现实。

威廉斯的笔下刻画的多是失意的女性形象，她们有着各自的伦理困惑，搞不清自己的伦理身份，难以适应社会，从而我们可以得出威廉斯在人与自我层面上"求圣"的伦理诉求：独立、自省、正确认识自我，实现身心和谐。

二、家庭环境

1911年3月26日，田纳西·威廉斯出生在密西西比州的哥伦布市。田纳西·威廉斯原名托马斯·拉尼尔·威廉斯三世，大学期间，因为他的祖籍是田纳西州，又有浓重的南方口音，周边的人开始叫他田纳西。他的母亲是埃德温娜·埃斯特尔·达金·威廉斯，出身于圣公会牧师家庭。父亲是柯尼利厄斯·威廉斯，是个推销员，经常在外奔波，有酗酒的恶习。出生时父母给他取名托马斯·拉尼尔·威廉斯三世，家人都称他为汤姆。他还有一个姐姐和一个弟弟。这是一个优雅与彪悍、传统与现代、快乐与痛苦并存的家庭。这种强烈对比的家庭背景和生长环境对汤姆性格的形成及成长产生了重要的影响。

（一）沉默压抑的童年生活

威廉斯的父系家族在美国南方的地位显赫，其历史可以追溯到久远的田纳西州建州初期。这是一个热衷政治、崇尚武力的家族。其曾祖父曾担任田纳西州的第一任州长，第一个参议员。而他的祖父是田纳西州铁路局的局长，他祖母则为法国胡格诺派教徒。威廉斯对自己祖先的光辉历史感到十分荣耀。而他祖先中的一位是著名的诗人，似乎将自己的基因遗传给了威廉斯，使他具有诗人的气质。威廉斯母系家族的历史更为显赫。在法国征服英国的战斗中，他的祖先曾经是征服者威廉手下的一位舰长。到了曾外祖父这一辈时，这股骁勇善战的英气荡然无存。曾外祖父成了一名乡村医生，而他的外祖父则对行医缺乏热情，商学院毕业后，他回到俄亥俄州当了一名会计师。后被主教发现其风趣、具有感染力的演讲才能而去了神学院学习，最后当上了一名专职的神职人员。外祖母是一位出色的钢琴家，给了幼年的威廉斯艺术方面的良好的教育。

威廉斯的母亲是他们唯一的孩子。父母的宠爱、优越的生活条件、受人尊敬的地位，使她的童年充满了快乐。十三岁时，由于成绩优异，埃德温娜获得了哈考特地方女子学校的奖学金。在这里学习的女孩都来自富裕家庭，她们学习的目的不是为了上大学，而是为了将来能够嫁个好丈夫。但是这绝不是埃德温娜的目的。她的愿望是在这群贵族小姐中获得一席之地。而她的确也获得了成功。她在女同学中是个人见人爱的女生，更是附近凯尼恩军事学校中那些小伙子们竞相邀请的对象。《玻璃动物园》中阿曼达所夸耀的一个下午接待十几个来访者的事并不是凭空捏造。后来埃德温娜成为一名高中生，就读于田纳西州女子学校，成为校园剧社的一个活跃分子。但是这个充满艺术细胞的少女最终所嫁非人，未能在戏剧舞台上展示自己的才华。后来，她将自己的经历和梦想传递给了她的儿子威廉斯，为他提供了诸多素材和灵感，使他的儿子帮助她实现了明星梦。高中毕业后，埃德温娜的父亲被调到密西西比州纳奇兹附近的彻奇希尔。此时虽然已经进入20世纪，而且又经过南北战争的洗礼，但纳奇兹依然是美国南方腹地种植园文化保存最完好的一座城市。这里贵族式的生活情调深受埃德温娜的喜爱。占据她全部生活的就是打牌、跳舞、聚餐和交男朋友，她成了当地小有名气的交际花。这是一段足以让这个少女自豪一辈子的时光，这也成为后来她嘴边的谈资。结果就是我们可以在威廉斯笔下的女性人物身上或多或少地看到他母亲的影子。虽然表面上她是个叽叽喳喳、卖弄风情的女子，可是她的行为决不会越雷池半步，更不会超越道德规范。她总是能让人记起她是牧师和妈妈的乖女儿，而她也的确是一个不折不扣的虔诚的基督徒。她的人生哲学对婚后的生活、女儿的精神疾病及她儿子的终生未娶都有直接的关联。因此这导致威廉斯总是愿意去书写不合时宜的南方中下层社会小人物的经历，进而可以窥见他"求真"的伦理主张：积极面对变化，改变自己命运。

这时，柯尼利厄斯·威廉斯邂逅了埃德温娜。柯尼利厄斯因自幼失去母爱，所以变得沉默寡言，不善于进行感情交流，而在他的内心深处却蕴藏着强烈的反抗性和对来自权威的不满。离开学校后，他加入了一个兄弟会。西班牙战争爆发后，他染上了陪伴终身的恶习：酗酒、泡妞和通宵打牌。但是爱情让人变得温文尔雅、彬彬有礼。出现在这一家人面前的是一个有教养、懂礼貌、来自富裕家庭的痴情的求爱者。这年夏末,埃德温娜得了伤寒和疟疾,这给了柯尼利厄斯绝好的机会。他的细心周到的照顾、每日的玫瑰花终于感动了埃德温娜。十月份,玫瑰花被换成了婚戒。苦苦追求一年半后,1907年6月3日在圣保罗教堂两人终结为夫妻。然而,婚后不久,埃德温娜便怀孕了,习惯了没有羁绊生活的柯尼利厄斯就干起了推销员的工作,离开了新婚的妻子和即将出生的孩子。通宵的牌局和各种娱乐活动占据了他大多数夜晚。

孤独无奈的埃德温娜只好拖着怀孕的身子回到了娘家,并且一住就是十几年。柯尼利厄斯只是偶尔周末到哥伦布的岳母家看望妻儿。虽然柯尼利厄斯时常外出,但是因为有父母的帮忙,她也并不感到十分辛苦,有时还可以参加各种聚会或娱乐活动。两年后,他们的第二个孩子降临了。但是柯尼利厄斯先是怀疑这个孩子不是他的,后来又觉得妻子给予这个孩子太多的关注,没有尽到做妻子的责任。而年幼的罗斯也觉得这个小婴儿夺走了母亲对她的爱。

威廉斯的幼年时代与母亲和姐姐罗斯就住在外祖父的家里。幼年时的他生性腼腆,个性柔弱,不善交际,经常受到别的孩子的排斥和父亲的讥讽。但是他和姐姐罗斯关系亲密,自从威廉斯意识到罗斯的存在后,就十分依恋崇拜她。无论从长相上,还是在心理上,他们都越来越像一对孪生姐弟,而生活中的磨难也加深了他们之间的感情。这种感情一直持续到他们生命的终结。在很多剧本中都可以看到罗斯的影子。

柯尼利厄斯常年走街串巷和靠着三寸不烂之舌,销售业绩十分优秀。但是,作为一个父亲和丈夫,他却是一个失败者。长期的分离,使柯尼利厄斯不知道如何面对自己的一双儿女,他不知道该如何跟他的儿女交流。他外出工作时,家里是平静的,而他的归来给这个家庭带来的骚动和不安远远大于快乐。每当他回到家时,姐弟俩总是远远地站着,用陌生的眼神望着这个他们称为父亲的人。柯尼利厄斯有时也想和孩子亲近,但是这令双方都感到不自然。他开始抱怨威廉斯体格瘦弱、性格内向。作为父亲的柯尼利厄斯没有给威廉斯多一点的关爱和指点，而是用嘲讽的口吻称他为"南茜小姐"。这给年幼的威廉斯的心里埋下了纠缠他终生忧郁的种子。

威廉斯7岁时，父亲被派往分公司担任经理。于是，他们举家迁往圣路易斯。这段在圣路易斯的生活对这个7、8岁的孩子来说就是一段不愉快的回忆。

在家里，柯尼利厄斯保持着自己固有的生活方式，继续酗酒，整夜打牌，而且在经济上控制埃德温娜；而埃德温娜基督徒的思想与城市的道德观发生了激烈的冲突。所以，家里整天都弥漫着硝烟，仿佛是正在战斗着的欧洲战场。这些对于一个在宁静祥和家庭中成长的孩子威廉斯来说就像生活在噩梦之中。学校里，老师和同学会因为他的南方口音嘲笑他。尤其在他因胆怯不能回答问题时，老师就会恶狠狠地讽刺他。同学们也因为他不敢参加打斗的游戏而在他身后叫他胆小鬼。这个年龄应该有的快乐与幸福似乎都与他无关，他变得越来越沉默寡言，越来越孤僻。

这样沉默压抑的生活使得威廉斯的心理遭受了极大的摧残，也使得威廉斯从小就对人与人之间的相处产生了恐惧。同时，他渴望得到同类的认同与关爱，但当这一切无路可走时，他用他感人至深的笔触表达出他在现实面前的无助与无奈。由此可见，通过对家庭成员关系的关注，我们可以看到威廉斯"求善"的伦理诉求：要有责任感，互助互爱，相互关心

（二）崭露锋芒的青年时代

在姐姐罗斯16岁时，由于她和母亲的矛盾越来越激化，家里决定把她送往维克斯堡的寄宿制学校学习。这对威廉斯来说是一种打击。他失去了心理诉求的对象，他心中越发感到寂寞。不过，这种寂寞很快就被一个美丽的女孩填补了。这个叫黑兹尔的女孩有着一头美丽的红发和一双漂亮的长腿。威廉斯被她的美丽深深吸引住了。因为她与威廉斯类似的经历使他们产生了一种共鸣。他们约会、跳舞，还一起去看电影。他对她倾注了无限的爱。也正是在这个时候，威廉斯开始写诗，并发表在

《少年生活》上。而发表在1926年1月22日的一首题为《往事》的诗歌，则显露出他的诗歌式语言和戏剧性想象力的端倪，也标志着他创作生涯的开始。

1929年，威廉斯结束了高中的学习，进入了密苏里大学学习。在威廉斯离开家的第一个晚上，就给黑兹尔写信向她求婚。不久之后，他得到的回复是黑兹尔的婉言拒绝，其实是她已移情别恋。他抵达了校园之后，便成了名人。当地报纸纷纷报道这个在杂志上发表过作品的沉默寡言、腼腆的新生。威廉斯在校园是个小有名气的诗人。身边不乏爱慕的姑娘，但是她们的柔情和美貌怎么也无法激起他心中的热情和爱。相反，他对同性的兴趣却越来越强烈。兄弟会的各种聚会和活动更是为他的同性恋倾向提供了机会。

大学期间，威廉斯读的是新闻系。但是罗伯特教授发现了他戏剧创作的才华，让他旁听了自己讲授的现代戏剧，并鼓励他参加由"密苏里工场"主持的第八届独幕剧比赛。他提交的剧作《那就是美》虽没有被搬上舞台，只得了第六名，但他却是第一个获此殊荣的新生。此剧是威廉斯创作的第一部戏剧作品。

1931年，美国戏剧进入了辉煌年代。尤其是奥尼尔在这一年发表了《悲悼》。威廉斯受此影响颇深。创作了第二部剧作《慕尼的孩子别哭》。虽然当时此剧和另外两个独幕剧一起受到"戏剧联盟"的认可，但在当时却只获得了第十三名的成绩。

在威廉斯大学三年级时，因没有通过后备军官训练队课程的考试，父亲大为恼火，不让他继续读书，把他送到一家自己曾经工作过的制鞋公司工作。威廉斯白天在仓库里做着枯燥乏味的工作，晚上躲在自己的房间进行创作。此时，他的兴趣主要是在诗歌创作上。他将自己的诗歌尽可能多地寄给诗歌杂志。这种做法虽未给他带来经济效益，但诗歌界却逐渐地接受和认可他的创作。在那一年的夏天，威廉斯除了博览群书，最重要的是还创作了第一部得以上演的独幕喜剧《开罗！上海！孟买！》。在制鞋公司工作了三年，威廉斯患了轻微的精神衰弱症。于是他重返校园，进入圣路易斯的华盛顿大学就读。在这期间，圣路易斯的一个剧团上演了他的两部剧本《逃亡者》和《徒劳》。由于种种个人原因，威廉斯离开华盛顿大学，进入衣阿华大学。

回到衣阿华大学后，在马彼（Marbi）教授门下学习。遗憾的是他与教授的关系并不融洽。主要是马彼教授和他父亲一样，常常羞辱他，开他的玩笑，说他娘娘腔。但是威廉斯依然十分尊重这位教授，钦佩他的才能。在这位教授的指导下，威廉斯完成了两部剧作《春天的风暴》和《与夜莺无关》。

（三）毕业后的日子——厚积薄发

1939年，威廉斯终于从衣阿华大学毕业，获得了学士学位。他先是在芝加哥，后来到了路易斯安那州的新奥尔良。在法国区可以自由地进行创作，尝试和发现他的性取向。同年他离开了新奥尔良，在《小说杂志》上发表了短篇小说《忧郁儿童的地盘》。他的剧本《与夜莺无关》在圣路易斯上演，并获得洛克菲勒基金会1000美元的奖励。于是，他用这笔钱在美国游历，并去拜访了他最崇拜的英国作家劳伦斯（D.H. Lawrence）的遗孀。随后，在1940年初他回到了纽约。没过多久，他的独幕剧《后会有期》和多幕剧《天使之战》在纽约上演。这是他首次进军纽约，后者引起了戏剧协会的注意。1940年夏，他在麻省修改《天使之战》。

《天使之战》修改好之后，由玛格丽特·韦伯斯特（Margaret Webster）执导，米利亚姆（Miriam）和卫斯理（Wesley）主演，于1940年12月30日在波士顿威尔伯剧场上演。然而，首场演出简直就是一场灾难，波士顿的观众和评论界对该剧所涉及的道德问题反响强烈，以致波士顿市政府不得不下令停止该剧的上演，称它为一种犯罪行为。导演和出资方建议威廉斯对剧本做一些修改，尽管他按照他们的要求做了一些改动，该剧还是在波士顿只上演了17天就草草收场了。它的失败应该说与该剧上演的时间和地点不无关系。圣诞节过后不久，人们正在准备辞旧迎新，迎接新的一年的到来，而威廉斯却把这部充满血腥暴力、具有强烈反叛精神的剧作搬上了波士顿这个清教主义盛行的舞台，其结果应该是可想而知的。

　　一年后，威廉斯回到了纽约，此时他的《慕尼的孩子别哭》入选"1940年最佳独幕剧"。

（四）一举成名——进入创作鼎盛时期

　　1943年10月，威廉斯与唐纳德·温德姆（Donald Wyndham）合作《你碰我！》，这部深受劳伦斯影响的剧作在加州上演并获得了成功，还获得了全美文学艺术学会1000美元的奖励。他用这笔钱将《造访的绅士》改编成舞台剧《玻璃动物园》。1944年是威廉斯创作生涯的一个转折点。他的《玻璃动物园》受到了有着"演员制造者"之誉的艾迪·道林（Eddie Dowling）的青睐，道林决定与马戈（Mago）联合导演它，并邀请泰勒出演主角劳拉，此时泰勒已是60岁高龄。

　　《玻璃动物园》是一部带有浓郁色彩的"回忆剧"。剧中的人物是"与现实世界隔绝"的，他们都无法面对这种平淡琐碎的日常生活。因此，只能在自己营造的梦幻中，在回忆过去的风光与荣耀中苟延残喘。1944年12月26日，《玻璃动物园》在强大阵容的演员的共同努力下，在芝加哥城市剧院上演。由于刚过圣诞节，再加上暴风雪袭击芝加哥。到12月27日，票房收入仅有400美元。就在大家准备关门停演的时候，《芝加哥论坛》的克劳迪娅·卡西迪（Claudia Cassidy），这位纽约以外最有名的戏剧音乐评论家，对《玻璃动物园》大加赞赏。由于她热情洋溢的评论，《玻璃动物园》在芝加哥的演出大获成功，预演到1945年1月中旬的戏票全部售完。1945年3月31日，《玻璃动物园》移师纽约，在纽约戏剧院上演。演出结束后，演员谢幕达25次，观众们大呼要剧作家上台。该剧上演布道两周，就获得了纽约戏剧评论家协会奖，并被提名为1945年最佳剧作。威廉斯还因此获得了西德尼·霍尔德纪念奖。威廉斯这部获奖剧作的成功，标志着他所尝试的造型戏剧的成功，这也贯穿于他的整个戏剧创作生涯。

　　《玻璃动物园》在纽约创下了演出561场的纪录，改变了此前严肃戏剧在美国舞台上演出场次零落的窘境，也彻底改变了威廉斯的生活。他名利双收，成为百老汇身价最高的剧作家之一。自从《玻璃动物园》获得巨大成功以后，观众和评论界对他的期待也越来越高。1946年，威廉斯回到新奥尔良，外祖父搬来与他同住，他并没有对外孙的同性恋身份提出质疑，反而更为外孙所取得的成功而自豪和欣慰。威廉斯终于有能力、有机会来报答外祖父对他的关爱。

　　1947年，威廉斯有两部剧作上演，一部是《夏与烟》，另一部是《欲望号街车》。《欲望号街车》是威廉斯的另一部力作，它在纽约演出的场次多达855场，比《玻璃动物园》还整整多出294场，该剧为威廉斯赢得了第二个纽约戏剧评论家协会奖，第一个普利策奖。1950年上演的《玫瑰黥纹》赞美了性爱，获得了成功。1953年威廉斯的超现实主义剧作《卡米诺·里尔》上演，遭到失败。然而作者本人却认为该戏是他最喜欢的一部戏，因为该戏的主题是具有浪漫色彩的理想的必要性。1955年《热铁皮屋顶上的猫》首演获得巨大成功，替威廉斯赢得了纽约戏剧评论家协会奖，第二次赢得了普利策奖。

　　1957年，威廉斯改编了《天使之战》的大部分情节，变成了《琴神下凡》。该剧在纽约百老汇首演没有获得成功，然而改编成电影在1960年上演时却获得了成功。随之该剧又在外百老汇上演得到了观众的喝彩和剧评家的赞扬。从1957年以后，威廉斯对精神分析越来越感兴趣，并开始酗酒，因而他的剧本也越来越暴力。1958年，《去夏突至》上演时，威廉斯已经准备好被剧评家钉在十字架上。出乎他的意料，剧评家的反应和卖座力都很好。该剧主要写了同性恋，而在《热铁皮屋顶上的猫》这部剧中，同性恋只是闪烁其词地被提到。1959年《可爱的青春鸟》上演又获成功，主题是青春和纯真失落在敌人手中和时间当中。而1961年上演的《蜥蜴之夜》描写了人与人之间来自三方面的紧张关系，为威廉斯第四次赢得纽约戏剧评论家协会奖，是威廉斯最后一个获得重要奖项的剧目。

（五）亲人、爱人的逝去

到50年代末60年代，威廉斯的生活中经历了几次重大的变故，他的感情遭受了一次又一次的重击。首先是他深爱的外祖父在1957年离世，这竟然成了他后来一连串变故、痛苦、沮丧甚至失败的开始。1947年，威廉斯遇见了弗兰克·莫洛（Frank Moreau），一个出生在新泽西州的退役海军。这个英俊的小伙子是西西里人。两人结识于美国东岸同性恋者的度假胜地鳕鱼岬，萍水相逢。后来，两人在纽约大街上相遇后，彼此了解深入，并心灵相通，最终走到了一起。在威廉斯所有的同性恋伴侣之中，他与弗兰克之间的感情最为深厚。《回忆录》里，二人灵魂和肉欲的结合，表现得很清楚，而随着威廉斯的创作走上了下坡路，两人之间灵魂与肉体的冲突，同时也表现得很清楚。两人共同生活了16年。在外祖父去世后几年，和他一起生活多年的爱人弗兰克也在1963年去世。

对于威廉斯来说，在生活中失去这两个深爱的人是一种近乎致命的打击，他的痛苦是难以用言语来形容的。他开始依赖酒精和药品，希望能暂时忘却痛苦，从中得到一丝安慰。同时，他也在不间断地进行着创作。

（六）遭遇写作生涯中的滑铁卢

随着人们对戏剧兴趣的转变，威廉斯的受欢迎程度也大不如从前，在二十世纪六七十年代激进、动荡的岁月里，怀旧情绪已不能吸引观众，威廉斯对性道德的探索也已过时，让人感到厌倦。

进入60年代，威廉斯的创作开始走下坡路。1963年上演的《牛奶车不在这里停了》遭到了失败。他在60年代余下的岁月里又写了几部戏也遭遇同样的厄运。到了70年代，威廉斯又有新剧面世。1972年在百老汇上演的《向小船发出警报》获得了商业成功。这部戏写的是人与人之间的沟通，我们怎样理解别人、别人又如何表现他们真实的一面的。1973年上演的《呐喊》，虽然剧评家出于对剧作家以往成就的尊重给予较高的评价，但在百老汇仅上演了12场。

（七）荣耀加冕

威廉斯是一位多产作家，共写了24部多幕剧和许多独幕剧。除此之外，还出版了两部长篇小说。并且多次获奖。重要的有普利策奖两次，纽约戏剧评论家协会奖四次。1969年获得文学艺术国家学院金质奖。1972年他获得了全美戏剧大会奖；同年，哈特福特大学授予他荣誉博士学位；1974年获得娱乐名人堂奖和国家艺术俱乐部文学荣誉勋章；1976年还被选为戛纳电影节评审团主席。1977年，弗罗里达吉斯社区学院将他们的艺术中心命名为田纳西·威廉斯艺术中心。1979年被列入戏剧名人堂榜。

（八）戏剧大师的陨灭

在威廉斯生命的最后一段日子里，冥冥之中他似乎感觉到了死神的临近。他四处逃避，先是从新奥尔良搬到纽约，再逃到伦敦、罗马和陶密纳，最后回到了纽约的爱丽舍饭店。而爱丽舍的法文意思就是"死者的神秘乐园"。尽管威廉斯的朋友已经决定次日早晨就带他离开那儿，但死神依然毫不犹豫地攫住了这位天才剧作家的喉咙。威廉斯五岁时曾患过白喉，所以一直害怕死于窒息。可是当朋友推开他的卧室门时，看到的是他的尸体，散落身旁的药片和抄在一张纸片上的18世纪的诗人托马斯·查特顿（Thomas Charlton）的两行诗句：

头戴芦苇冠的水神

把我推向你致命的浪尖

威廉斯竟然因为误食药瓶盖窒息而死。威廉斯生前曾说过，希望自己死后，人们能用一块干净的白布将他的尸体包起来，放进一艘小船，让他漂向大海的深处，去和他钟爱的诗人克莱恩（Stephen Crane）会合。然而，威廉斯却被放入了在他看来象征着桎梏的灵柩中，回到了他一生中最痛恨的城市——圣路易斯，长眠于他母亲的身旁。

由此可见，当时的社会背景和家庭环境，极大地影响了威廉斯的伦理观。他目睹了在美国南方占有显赫地位的父系家族的陨落，父亲及教授对他的奚落及羞辱，爱人和亲人的相继离去，使他内心脆弱，塑造了他敏感的性格，以至于他可以游刃有余地在作品中把这些美国社会中被遗弃的南方淑女和绅士们刻画得淋漓尽致，他们在新的环境中无所适从，无法适应社会，无力与人交往，无心提升自己。而威廉斯正是因为基于对人类这三个维度的思考，才写出了感人至深的南方戏剧，成为享有盛誉的美国南方戏剧家。

第三章　威廉斯伦理观对其艺术创作的影响

当代美国戏剧艺术地再现了美国社会伦理关系，尤其是家庭伦理关系剧作家威廉斯在他的剧中严肃而深刻地叙述这种伦理关系。剧作家指出，随着金钱成为衡量人们价值的唯一尺度，家庭成员之间的关系逐渐变异，并导致婚姻的脆弱和家庭的解体等社会问题。威廉斯面对社会道德危机时，在戏剧创作中表达的求"善"的伦理主张、求"圣"的伦理主张与求"真"的伦理主张，从社会时代以及人生阅历做一探源，认为威廉斯是有自觉意识与社会责任感的作家，他以自己独特的方式在作品中对社会道德危机展开直而不逸、婉而多讽的文学叙事，思索南北文明冲突下的伦理困境及其出路问题，并为人们提供现实而深切的伦理关怀。

一、主题意蕴

田纳西·威廉斯是继尤金·奥尼尔之后活跃在美国戏剧舞台上的剧作家。他的一生是充满了矛盾与神秘的一生，也是艰辛与辉煌并存的一生。当人们为短短的、仅一百年的美国戏剧赞叹的时候，都会想起这个天才剧作家所塑造的那些哀婉忧伤、充满野性而又失魂落魄的南方女性和不断流浪、逃亡、彪悍、性感的男性群像。他剧作中大量象征符号和宗教神话原型在为传统的神话传说注入新的内容的同时，也极大地丰富了美国戏剧舞台；而他对美国戏剧所做的最大贡献莫过于在舞台上刮起了一股诗化戏剧的旋风，为各种主义、流派林立的百年戏剧画卷涂抹上浓重的一笔。

《剑桥美国戏剧指南》中这样评价他："自1945年《玻璃动物园》首次获得成功，田纳西·威廉斯对美国戏剧产生了深远的影响，在美国戏剧舞台上吟唱了一首新颖的抒情曲，同时也将性表现提高到了一个新的高度。在他的作品和生活中，性的快乐与痛苦是重要的、不可回避的主题。他通过不同的情绪与风格，用不同的效果，不断深入地表现植根于同一类型人物中的神经质的矛盾冲突。其代表作《欲望号街车》中布兰奇·杜波依斯和斯坦利·库瓦斯基，这对具有暴力倾向的对手就是他全部寓言的真实再现。布兰奇是个喜欢幻想、娇巧和躁动不安的南方美女，在她优雅的外表下隐藏着内心情感的空虚以及对性的渴望。斯坦利这个肌肉强健的男性是力量的象征，它意味着救赎与毁灭，而这让布兰奇，同时也让威廉斯感到既渴望又可怕。"学者杰尔曼（Gehrman）指出：威廉斯"是一位艺术家而不是一个匠人……在苍白、肤浅和拘谨气氛笼罩下的美国戏剧舞台，威廉斯带来了南方的野蛮、性邪恶和性暴力。他所梦想的一种危险特质给作品带来了活力。腐败与纯真的感情杂糅一起，给我们极大的触动，远胜于被冠之理性的美国戏剧。"作为一个牧师的后代，宗教思想更是贯穿于威廉斯创作的始终。虽然直到1969年的1月，他才真正皈依天主教，但这并不影响威廉斯从创作之初就在他的剧作中表现对上帝的追寻，表现灵与肉的冲突，表现对独孤与死亡的恐惧以及对弱势群体的同情和爱怜。我们不难在他的剧作中体验那些相互矛盾对立的元素：两性之间、强弱之间、南方与北方、优雅与暴虐、虚幻与现实、自我与非我、同性恋与异性恋。它们相互交融，你中有我，我中有你，构成了贯穿于他作品之中永恒的主题，并可窥见其伦理关怀的社会现实意义。

　　早在威廉斯尝试着用戏剧这一形式释放被压抑的情感，表现自己的欢乐与忧愁的时候，他笔下人物就面临着孤独与死亡的威胁，他们生活在对上帝的失望与困惑之中。汤姆（《玻璃动物园》）和布兰奇（《欲望号街车》）是他早期剧作中的主要人物，但是他们都深陷在一种无法与人交流的困境中，在汤姆的家里也许还有一种潜在的相互交流的可能性，但是他们都有意识地回避它。汤姆对母亲阿曼达的话置若罔闻："在我们所生活的痛苦的岁月中，我们唯一需要做的就是相互忍受。"而他试图挣脱家庭的束缚，逃脱对家庭所应该承担的责任，其实就是他父亲的那种不负责任的行为的延续。布兰奇在投奔新奥尔良的妹妹斯特拉时就很清楚自己需要什么，她告诉妹妹："我想靠近你，我得和什么人在一起，我无法独自一人生活。"其实，布兰奇的悲剧命运早在她一出场的时候就已经注定了，这不仅仅是因为她有一个暴戾兽性的妹夫斯坦利，更重要的是她自身的行为——她的自私，她的放荡，推动着她坠入悲剧的深渊。布兰奇希望与人交流、被人理解的美好愿望被她自己这种有悖传统的，在大多数人看来是非道德的行为彻底摧毁。而充溢各自胸间的私欲、敌视与偏见，也彻底阻断了布兰奇与斯坦利之间交流与理解的可能性。

　　除了这些人性所固有的弱点之外，威廉斯笔下人物往往忍受着无可言说的孤独感的煎熬，而这种孤独感是肉体与精神无法和谐共处所导致的。在《玻璃动物园》中，热衷于阅读D.H.劳伦斯作品的汤姆，就受到了笃信基督教的阿曼达的责难；在《夏与烟》中，弥漫于全剧的是挥之不去的哀伤。主人公约翰和阿尔玛两小无猜，青梅竹马，但是命运却将他们安排到了两个永远也无法相交的生活轨道。约翰，这个医治肉体创伤的医生和阿尔玛，这个在西班牙文中代表灵魂的名字，终于未能从彼此的孤独中获得些许安慰。

　　这种哀伤，这种肉体与精神间的鸿沟在《欲望号街车》和《去夏突至》等剧作中得到进一步展示。所不同的是，在这两部剧中，我们能明显感受到威廉斯对于布兰奇的自我欺骗与谎言的宽容与同情，而对于塞巴斯蒂安的伪善则给予了批判。

在《欲望号街车》中，布兰奇是一个肉体与精神激烈冲突的女子，她过度紧张的举止和那种带有卖弄风情之嫌的自恋情结，其实可以被看作是南方这一特殊群体在逐渐失去其社会地位时所特有的一种表现，她的虚幻与现实之间的冲突则具体化为她与斯坦利之间的冲突。而剧中唯一对布兰奇表现出同情的是米奇，这个与周围的环境同样有些格格不入的文弱男子，他的不同就表现在由于牵挂病中的母亲而退出牌局，这与布兰奇有相似之处，对逝去的亲人依然怀有深深的爱。更重要的是，他俩同样多愁善感，都迫切需要从对方那儿寻得慰藉与幸福。但不幸的是，布兰奇玩弄了他，或者更准确地说是拒绝了他。她之所以这样，是因为她害怕在满足了他的肉欲之后便会被抛弃，另一个更重要的原因是，她的精神在她跨入斯特拉的家门后，就已经彻底被摧毁。她依然还深深爱着那个多愁善感的年轻诗人，只是当她意识到，除了应该爱他的精神，更应该爱他的肉体时，一切都已经为时过晚。丈夫的自杀给她带来的罪恶感与眼睁睁地看着长辈在自己面前逝去却无力挽救他们生命的那种无助感交织在一起，使她彻底改变，她坠入堕落的深渊，开始从当地驻军那儿寻找一夜之欢，开始同自己的学生发生风流韵事，她要将没有来得及送给自己年轻丈夫的爱全都抛售出去。她所遭受的精神创伤实在无法应对这些灾难。终于，肉体与精神产生严重分裂。

在《去夏突至》中，同样能够看到这种肉体与精神的激烈冲突，强烈地感受到剧作家对于谎言所给予的批判。由于该剧的情节发生在塞巴斯蒂安去世之后，我们只能通过他的母亲维奥莱特·文柏夫人和他的表妹——一个肉体与精神同样分裂的凯瑟琳之口了解他的情况。作为一个母亲，维奥莱特·文柏夫人竭力维护塞巴斯蒂安的形象。在她的眼里，儿子简直就是一个圣徒的化身，直到40岁依然独身；作为诗人，他纯洁无瑕，淡泊名利，创作诗歌就像是一个十月怀胎的母亲，每年夏天度假的时候才创作一首，这些诗歌都被赋予了生命，取代了他对性的欲望和追求。他向往着加拉帕哥斯群岛（位于厄瓜多尔西部）那充满野性的生活，因为从发生在那里的生与死的斗争中他看到了上帝；他拒绝在巴黎奢华的旅馆中过着修道士似的生活。他的周围总是云集倩男靓女，青春年华绝不像布兰奇那样黯淡、艰难，也不像布兰奇那样对沐浴有着强烈的渴望，更不需要用纸灯笼遮挡来自灯泡的光线；他的生命中似乎除了艺术之外别无他求。

　　这是一个母亲对已经逝去的儿子的回忆，尽管我们还没有引入他表妹的看法，但已明显能够感觉到其中的谎言，能够感觉到母子关系中的乱伦倾向。"我是他生命中唯一能够满足他需求的人"，维奥莱特·文柏夫人自豪地说。他俩在欧洲浪漫的旅游胜地竟也成了一道风景线，"我们就像是在雕刻一件艺术品一样雕琢着我们的每一天"。当凯瑟琳闯进他们的生活时，维奥莱特·文柏夫人妒火中烧，称凯瑟琳为"艺术的破坏者"，她憎恨凯瑟琳将爱人从她的怀里夺走。于是，她贿赂大夫，要求为凯瑟琳实施脑叶切除术。她要让她永远保持沉默，要将塞巴斯蒂安在凯瑟琳心中的记忆永远抹去。

　　而凯瑟琳对表兄塞巴斯蒂安的记忆却更具有真实性，她并非是要诋毁他的名誉，只是想要弄清他遭此厄运的真实原因。她告诉医生曾想把塞巴斯蒂安从自认为是残酷的上帝的祭品的幻觉中拯救出来，但是却没能做到，对此，她至今都怀有深深的歉疚。通过凯瑟琳，我们了解到塞巴斯蒂安对美貌的追求竟是如此堕落，凯瑟琳就像他的母亲一样，只不过是被塞巴斯蒂安用来寻找男人的一种工具而已。然而那个夏天，塞巴斯蒂安再也写不出诗歌了，他的精神和创作灵感完全被一种贪得无厌的欲望所替代，他不断地引诱那些穷苦饥饿、无家可归的孩子去海滩的更衣室；他就像一个有钱的北方佬不断地向穷人抛洒硬币，在满足自己的私欲之后，却不曾料到对方已经变得欲壑难填，而这种不对等的钱欲交易所导致的结果必然是悲剧性的。这种剧烈的肉体与精神的分裂是变态的。作为追求精神自我完善的一位诗人，在现代文明社会中，塞巴斯蒂安总是生活在伪善的面具下面，给人一副道貌岸然的样子。可是，一旦他来到了远离现代文明的荒芜之地，冲破了一切道德约束，他人性中恶的一面便彻底暴露了出来。对此，剧作家是采取一种批判的态度的，因为在《欲望号街车》中他只是让布兰奇变疯，而对于塞巴斯蒂安，在剧中的结局是让食人肉者吞食掉。

这种肉体与精神的斗争在威廉斯的剧作中从没停止过。在他后来的《热铁皮屋顶上的猫》中，我们看到了追求物质与感官享受的玛吉和老爹与崇尚精神的自我意识的布里克之间的矛盾冲突。玛吉是个讲求实际的人，在某些方面和《欲望号街车》中的斯坦利有着共同之处。她希望丈夫能够戒酒，给老爹生个孙子，这样就不会因为没有后代而被剥夺继承遗产的权利。同斯坦利一样，她也毫不掩饰对财富的欲望："布里克，你瞧，我这一辈子都他妈的穷得叮当响。……还得奉承那些我讨厌的人，就是因为他们有钱。……年轻的时候没钱没关系，但老了决不能没钱。"同样，她对肉体有着强烈的欲望。为了能让布里克对她重新产生性欲，她放弃了丈夫让她另寻新欢的许诺。她像斯坦利一样，能够毫不掩饰地把对性爱的感受吐露出来。所不同的是，她没有斯坦利的那种恶意，也不像他那样唯利是图。但是，她对于布里克与斯基普的同性恋情却充满敌意，以至于不惜自己去勾引斯基普。玛吉对自己所做的一切也有着强烈的罪恶感，她对布里克深深地忏悔道："我是这样毁了他的，我让他认清了他生长的环境……你的世界和他的是不一样的。我不想为自己的行为辩解。上帝，不！布里克，我不好……但是我很诚实，请你相信我，可以吗？"与斯坦利在斯特拉面前羞辱布兰奇的行为不同，玛吉在攻击斯基普的时候小心谨慎，生怕在精神上伤害了布里克。她苦口婆心地劝道："我都说得这么清楚了，是这个杀死了可怜的斯基普！你俩得有些什么存放在冰窖里，对，这样不会坏，没错！因而死亡是你能够存放它的唯一的冰窖！"但是，布里克根本听不进去。其实，在精神上，布里克并不能算一个好人。玛吉即便是在怒不可遏时仍把他说成是圣人。其实布里克绝没有阿尔玛的热望，也没有布兰奇的绝望，他即使在醉酒的时候，对过去和现在也决不会产生幻觉，但酒精却能麻痹他，使他在现实世界和婚姻生活中应付自如，尽管酒精不能消除他的不快，但却能让他暂时忘却这种不快。

对于兄嫂关于他的同性恋倾向的暗示。布里克一再强调这份情感的纯洁性："为什么两个男人之间的那种特别的、真正的、深深的友谊就不受到尊重？被认为是不纯洁、不正当的？为什么就不能把它看作是美好的……正常的？不！——这种友谊太少了，所以都不正常了。两个人之间任何一件真实的事情都会因为少有而变得不正常！"对于布里克来说，这是一种现实世界中的柏拉图式的精神恋爱，就连玛吉偶尔也会用赞赏的口吻评价它："这是古希腊传奇中美好的、理想的事情，它不可能会是别的东西了。你还是你。它之所以那么凄惨，就是因为它不可能有任何结果，甚至不能毫无顾忌地谈论它。"但对布里克来说，只要他的朋友承认这份感情就知足了。他的自厌情绪并非源自他对自己性特征的模糊认识，而是因为在斯基普最需要他的时候，他却抛弃了他。布里克向玛吉描述的"生命中最大的一件真正的好事"此时却带有了自责和罪恶感的色彩。从肉体与精神的二元性的观点来看，布里克呈现在观众和读者面前的是一个受伤的精神，一个远离遗产争夺、远离爱他却很少与他交谈的父亲、远离这个充满谎言的世界的孤独的灵魂，现在这个充斥着虚伪与谎言的世界中，又增添了他与斯基普的友谊，他从优越、高雅的生活中一下跌落到了生活的谷底。

《热铁皮屋顶上的猫》中的矛盾冲突并不仅仅是肉体的。老爹迫使布里克正视自己的罪恶，作为回应，布里克也让老爹面对自己即将死于癌症这一事实；玛吉坚持要布里克认识到他与斯基普友谊的真实含义，但是丈夫对她感情的淡漠，又让玛吉看清了自己勾引斯基普的意义以及他在布里克心中的地位。玛吉的行为，使得斯基普醉酒后给布里克打电话袒露了自己的真情，最终导致他酒精中毒死亡……所有这些事件的诱发原因，均出于对肉体的一种欲望以及要在精神上帮助对方的美好愿望，它不同于弥漫在《欲望号街车》和《去夏突至》中的想要征服对方的欲望，也有别于《夏与烟》中有关道德标准的一种争辩。在《热铁皮屋顶上的猫》中，一切出发点都源于一种善良的愿望，而作为剧中的主人公，他们对自己的缺点也是深恶痛绝的，极具自我批判精神。且听布里克是如何自我批评的吧："我在某些方面并不比别人好，有的时候甚至更坏，因为我已经处于半死不活的状态。也许正是因为活着，所以才使他们说谎，而这种垂死的状态才使我偶然吐露真言。"而老爹对于自己的妥协和生活中的谎言所表现出来的厌恶之情也是溢于言表，从埃尔克斯一家到赌博俱乐部，从星期天的礼拜到同他再也不爱的老婆过性生活，他将这一切都称之为"废物"。在老爹心里，精神痛苦不亚于癌症带给他的肉体带来的痛苦；而玛吉也同样承受着被丈夫抛弃的巨大精神压力："哦，布里克！这还要持续多久？这种惩罚？难道还不够吗？我难道还不能得到——原谅吗？"

在这种灵与肉的较量中，玛吉终于彻底失望。为了安慰老妈，也为了不被剥夺继承遗产的权利，她也谎称自己已经怀孕。所不同的是，为了让自己的谎言变成事实，她在自己能够受孕的那一天将布里克的酒全都锁起，她要让丈夫重新爱自己。当然，这样做不仅仅是为了满足她对财产的渴望，也是为了和丈夫重归于好，重新燃起他对生活的希望。我们无法解释威廉斯让他的主人公具有这种双性恋的真正原因，但是有一点我们可以肯定，那就是剧作家在此表现出了对同性恋的深切理解和同情以及对他们所应得的权利的一种大声疾呼。同时，让布里克回归异性恋也表现了剧作家的一种犹豫，以及希望取悦观众的心理。在威廉斯的最后一部获奖剧作《蜥蜴之夜》中，这种自我意识和相互需求、相互安慰以消除肉体与精神之间的冲突的主题又一次得到了充分的体现。在这部剧作中，玛克辛代表着肉欲，汉娜代表着精神，而香农则是两者的结合体。

和布兰奇一样，香农最初出现在观众面前的时候，处于一种精神崩溃的边缘，但是他十分清楚自己的处境，对自己的麻烦有着充分的认识。他的生活中同样经历着肉体与精神的激烈冲突。在精神上，香农能够充分认识到汉娜的慷慨大方；当然，他也同样乐于助人，帮助汉娜调解她与玛克辛之间的矛盾；也极富同情心，在与汉娜交谈的时候，尽量避免伤害到她的自尊心；也能将墨西哥男孩抓到的准备养肥了杀来吃的蜥蜴放生；在该剧的最后，他也毫不吝惜地将自己的金十字架给汉娜。这些都是他心灵中美好的一面。

在肉体上，作为一个牧师和导游，香农同那些年轻女人发生性关系，但是这种肉体上暂时的快感却给他的精神带来沉重的负罪感，他努力地在肉体与精神之间寻找平衡点，就像是一只迷途的羔羊，在寻找着自己的上帝。但是，他找到的似乎是回复到了那种更加原始，更加野蛮，更能包容肉欲的上帝。他不是带领着他的教民远离罪恶，而是要让他们去感受这种最原始、最本能的欲望。这无法给香农带来宁静和快乐。相反，他感到更加的痛苦和孤独，他的精神与上帝无法取得和谐，无法从中获取力量。正如汉娜注意到的，他不断逃避年轻姑娘投来的诱惑就是一种证明，"……你除了和自己的幽灵在一起之外，总是独自一人"。

与布里克的借酒浇愁不同，香农拒绝了玛克辛为他准备的朗姆酒，也不愿像布兰奇那样让自己产生什么幻觉。他十分清楚他的幽灵是不会轻易放过他的，最终会有一场他称之为"游向中国"的你死我活的战斗。尽管他有可能淹死，但还有抓住一个救生圈活下去的希望。与威廉斯剧作中大多数自我消沉、自我毁灭的人物不同，香农开始寻求帮助，一种精神上的，而非肉体上的帮助。

作为肉欲的象征，玛克辛在该剧一开始的时候就表现出积极主动的一面，她也不像斯坦利攻击布兰奇那样攻击香农。也许"物以类聚"就是一种自然规律，玛克辛自己就和年轻的雇工上床，而她给香农的警告还不如说是一种忠告：别再和年轻的姑娘交往了，找一个像她这种年龄的女人。

作为肉欲的象征，玛克辛在自己的利益受到威胁的时候也表现得比斯坦利大度。当她察觉到汉娜有可能成为她的竞争对手的时候，她并没有把这对穷困潦倒的祖孙俩赶到大街上去，而是直截了当地告诉汉娜说，已经注意到香农对她有意了，如果汉娜对此不予理睬，那么她和她的爷爷想住多久就住多久。

同样作为肉欲的象征，玛克辛表现得比玛吉更加成熟。她告诉香农，自己与雇工幽会完全是已故丈夫对她的漠不关心造成的，而且她也十分清楚爱一个人与只同他上床有什么区别，她希望香农能够留下来，因为："我们俩都到了生命中需要做出某个决定的关键时刻，——即使这还不是最后的时刻。"其实在该剧一开始的时候，她就告诉香农如果不和她待在一起，那么他的情况可能更糟，但是得到的回答是："那就让它更糟吧。"

香农一开始就断然拒绝玛克辛的示爱，并非因为他与汉娜一见钟情。我们可以把香农的这一决定看作是他肉体与精神斗争的结果，或者换句话说，是他有太多这方面的经验，而玛克辛并不能给他带来任何新鲜感。相反，只能让他坠入深渊。

这就是为什么玛克辛要投入他的怀抱的时候遭到羞辱，而那个被香农勾引的小姑娘向他讨要真爱的时候，他回答："我的感情账户上已经一分不剩了，——我现在开不了支票。"香农已经极度疲倦，他的精神危机亟须一位能够帮他疗救、给他安慰的人，而汉娜的出现正好满足了他的这种需求。汉娜刚刚在《蜥蜴之夜》中出现时，我们会很自然地把她同最初的阿尔玛联系起来。这是一个有着较强的道德感和责任感的老处女，当然她的生活并非与世隔绝，在精神上，她和香农，和布兰奇有相似之处。汉娜四海为家，颠簸流浪，看见过亲人的逝去，经历过穷苦潦倒的生活，也走过香农式的危险之旅。她也曾怀疑过上帝，并为此几乎精神崩溃，但是她身上有着香农缺乏的性格特点，也有着布兰奇永远也不具备的东西，那就是活下去的意志和优雅的气质。她之所以能够不被她的幽灵，她的"绿魔"击垮，那是因为她将自己的注意力，自己的关爱投向了周围的世界。她不像威廉斯剧作中的其他女性，过多地关注自己。汉娜所具备的这种同情、怜悯与慈悲心，使她成为威廉斯剧作中最完美的精神使者，她的情感生活也因为帮助别人而升华，而具有意义，而丰富多彩。每当香农看到汉娜平静优雅的面容的时候，他紧张的情绪便立刻松弛下来，"就像被施了催眠术"，汉娜在香农的身上也获得了一种尊严与庄重，而这也是她所具有的品格。因此，当旅行团中的教师向她打听香农的下落时，她说了谎，因为她知道一旦让那群卑鄙吝啬的家伙找到他，那么烦恼就会接踵而来。当别人陶醉于沙滩乐队的美妙乐曲时，汉娜听到的却是被绳索拴住的蜥蜴的哀号声，因为这条蜥蜴的命运也正象征着她自己的命运。

在香农看来，汉娜的身上体现了一种智慧和高雅的气质，她的尊严是不容侵犯的。我们且听她对玛克辛关于她目前艰难处境的一番话，便能充分体会到她内心的那种孤傲与不屈："我既不为此感到骄傲，也不感到羞愧，它只是碰巧发生在我们的身上了，而这在我们的旅程中还从来没有发生过。"而且，汉娜即使现在十分需要玛克辛的帮助，也决不会因此放弃自己做人的原则与尊严，她甚至准备推着轮椅上的农诺去迎接即将到来的暴风雨，而不愿意在遭人冷眼的小旅店中委曲求全。汉娜用自己的行动证明了玛吉观点的错误：一个老人可以没有钱，但决不能没有尊严。

正是由于汉娜的这种善良与同情心，使她能够倾听并且理解香农的内心感受，真诚地对待他。《蜥蜴之夜》体现了威廉斯关于精神发展的一个新阶段：在真诚中蕴含着亲切与温柔。在这部剧作中，精神接受了肉体，同时也以一种宁静、平和的心态接受了她自己。这种接受，或者说是肉体与精神的融合在该剧的高潮，即老诗人农诺创作的最后诗篇中得到了充分的回应，只是农诺将这种融合称作对生命及死亡的亵渎。

也许这就是为什么香农最终选择留下来，而汉娜则继续她的旅程的原因。汉娜是对的，如果他们俩携手走完后来的人生历程，那么他们将成为世界上最不切实际、最可笑的一对。因为汉娜一直将独身视作自己的人生追求，而香农却把它比作精神病和死亡。换句话说，香农与玛克辛的结合则说明肉体与精神就像在两条轨道上运行的行星，它们可以有碰撞，可以有摩擦，但永远不可能结合成为一体。

　　威廉斯剧作还有另一个贯穿始终的主题，即对上帝或者说对救世主的期盼与失望。在《玻璃动物园》中，阿曼达期盼着这个救世主以"到访的绅士"的面目出现，将她的女儿从孤独、自卑的人格分裂的边缘拯救出去。实际上，整出戏都是围绕着这个来访的吉姆·奥康纳展开。正如汤姆在该剧开始时所说，他就是"那个我们一直期盼的，却总是迟迟不肯出现的人"。当然，阿曼达的希望最终还是破灭了。在《欲望号街车》中，布兰奇直到最后都还在希望着，或者说是幻想着谢泼·亨特莱会随时出现，将她从斯坦利的魔掌中拯救出去。而在《大路》中，"亡命号"飞机更是一个挪亚方舟的象征，它既代表着掌控在清扫大街的清洁工手中的死亡，又是游客逃离现实的唯一工具，正如患有结核病的玛格丽特在九号大街上所说，"亡命号"是她"逃离这个令人厌恶的地方的唯一途径"！不幸的是，她未能登上这个唯一能拯救她的性命的飞机，命运将她留在了这块没有爱和同情的陌生的土地上了，等待她的只有死亡。在《甜蜜的青春鸟》中，我们看到的是一个由于缺少上帝而充满罪恶的世界。该剧第二幕中一个听众对被称为"来自圣山的弥赛亚"的政治家大声质问：

　　我不相信这一切，我坚信整个世界之所以堕落到如此的地步，就是因为他（上帝）的沉默，就是因为他（上帝）一直都一言不发，我想这足以让任何一个人崩溃，无论是活着的还是死了的——无一例外。

　　除了上面提到的这些之外，我们还看到了死亡，而这个主题同样贯穿于威廉斯创作的始终。他的主人公随时都需要面对死亡和命运的挑战，在《大路》《去夏突至》《蜥蜴之夜》和《牛奶车不再在此停留》等剧作中，都是如此。而其中最值得我们回味的就是《热铁皮屋顶上的猫》中老爹和布里克之间关于命运的对话。老爹将儿子的酗酒和意志消沉归结为他与男友斯基普的不正当的友谊。老爹的指责深深地刺痛了布里克。为了报复，布里克终于将老爹的真实病情说了出来，并且恶毒地告诉他再也不可能过下一个生日了，因为他得了不治之症。对于这个结局，老爹无言以对，只能对他们喊出了最后的诅咒："该死的，全都是谎言。狗娘养的！……撒谎、死亡、骗子！"从这个意义上说，该剧是现代世界中关于另一种死亡的主题。从布里克这方面来说，生活其实已经失去了它的意义。他之所以沉溺于酒精之中，之所以对玛吉爱的暗示视而不见，是因为他的精神已经死亡，他已经失去了继续奋斗的力量和勇气。尽管该剧在舞台上没有正面地表现死亡，尽管该剧是在玛吉喃喃的低语中落下帷幕，但是我们可以毫不怀疑地推断出老爹即将走向生命的终结，布里克和玛吉的婚姻也是形同虚设，名存实亡。

如果我们注意到威廉斯剧作中的这些宗教与哲学因素，那么也就应该看到他为寻找这些问题产生的原因并试图去解决这些问题所做的努力。对于人类产生这些孤独感、恐惧感以及上帝何以在人们心目中会有恶魔般形象的原因，威廉斯在《去夏突至》中借用凯瑟琳的话说，就是"我们……在拼写'上帝'的时候将他的名字拼错了"。事实是，在威廉斯的笔下，人物常常将上帝拼写错了，以至于我们经常能够从他的剧作中看到"愤怒的上帝"。这种愤怒的上帝的形象应该源自童年时受到的心灵创伤，"……于是，他个人的那个不解的恋母情结便反映在了'上帝'这个词上，只是他能够让这个词在愤怒中还包含着孤独与强暴"①。但是，既然有可能把上帝拼错，让他以恶魔的形象出现，上帝同样也可能以善良可爱的形象出现，这在威廉斯剧作中也屡见不鲜。而且，我们仔细研读他的作品会发现，他笔下的那些罪恶其实并非对上帝的一种冒犯，而是构建在人与人之间，使他们无法沟通交流的一种障碍，这种障碍使他们无法从对方身上看到上帝的形象，无法善良友好地对待对方。正如《玫瑰黥纹》中医生对牧师所说的那样：人们"互相从对方的身上看见上帝，当他们迷失对方的时候，也就失去了上帝，于是自己便也迷失了"。人们只有相互扶持，互相理解，才能摆脱唯我主义的困扰。而这个唯我主义就是威廉斯所说的"地狱"："地狱就是你自

---

① 安托南·阿尔托. 残酷戏剧——戏剧及其重影 [M]. 桂裕芳，译. 北京: 中国戏剧出版社，1993:
201.

己。当你完全忽略别人的时候，那就是地狱。"①

可是尽管如此，威廉斯的人物还是常常对于别人的需求视而不见。究其原因，那就是他们发现周围的那些人是令人厌恶的。要做到汉娜所说的"除了无情和暴力之外，人类没有什么让我厌恶的"，并不是一件容易的事情。如果人人都像汉娜那样具有无限的同情心，那么他们对自身的罪恶就不会困惑，对别人的好处也就不会熟视无睹，更不会有意去伤害别人了。所以，这也就是为什么当那个女式内衣推销员问汉娜要一件她的内衣时，汉娜会如此镇定，理解他的这一需求并非像香农所说的是"肮脏"的，而是她过去从未遇到过的、上帝的子民由于"极度的孤独"所产生的一种需求，因此这对她来说就是"一种爱的经历"。

当然，由于厌恶而拒绝帮助别人或者不愿意把上帝的宽恕带给别人，这样的主题其实在威廉斯的《欲望号街车》中就已经出现。当布兰奇丈夫的同性恋情败露后，布兰奇对他说的就是："你让我恶心。"尽管这句话是一时冲动，并非有意伤害，但却导致了丈夫的自杀。这种挥之不去的罪恶感就像那首华沙圆舞曲，总是萦绕在布兰奇的耳边。于是，为了减轻这种负罪感，弥补这一过失，布兰奇竟随意交友。她需要别人的爱，需要在别人的身上找到自己的上帝以唤醒她的善良之心。布兰奇以为在米奇的身上找到了："有时候，——上帝就在那儿，——这么快！"但是就像她对待艾伦那样，米奇在得知了布兰奇的堕落行为后，也拒绝了她，布兰奇的希望彻底毁灭。这种拒绝而不愿意救赎的模式在《热铁皮屋顶上的猫》中又一次得到了验证。由于害怕斯基普的话语会亵渎他们之间的情意，捅破蒙在"友谊"之上的面纱使之变得丑陋和肮脏，布里克竟在斯基普自杀前向他诉说的时候挂断了电话。现在，布里克像布兰奇一样，对没能在别人需要自己的时候敞开胸怀感到深深的罪恶，于是他让自己沉溺于酒精之中。所幸的是，他还有一个愿意去爱他、关心他的妻子，不管她出于什么目的。应该说布兰奇和布里克都缺少汉娜，甚至玛吉的智慧，他们都是以一个恶的上帝出现的，但是现

---

① 巴赫金.弗洛伊德主义评述［M］.佟景韩，译.鞍山：辽宁人民出版社，1987：53.

在却需要一个充满爱的上帝去安抚他们受伤的心灵。威廉斯在他的中后期创作中逐渐找到了这种充满爱的上帝，他的主人公也开始逐渐摆脱了悲剧的命运。

还需要一提的是，威廉斯剧中的男主人公有时是如此沉迷于自己的罪恶，并由此虚构出，或是说制造出一个恶的、残忍的、悭吝爱的上帝；而且由于他们自己对上帝的一种曲解，而拒绝拯救，宁愿沉沦。典型例证就是《去夏突至》中的塞巴斯蒂安。不过随着剧作家创作思想的进一步发展，《蜥蜴之夜》中的香农在汉娜的帮助下获得了新生，使他认识到自己心中的上帝形象是多么的扭曲。《去夏突至》作为一部道德剧，展现在观众面前的不是善良、富有爱心的上帝，而是恶的、有着"绿魔"形象的上帝。塞巴斯蒂安去加拉帕哥斯群岛，就是为了寻找他心目中的上帝。当他看见那一群群海鸟贪婪地捕食着刚刚破壳、游向大海的小海龟时，他知道自己找到了。其实，塞巴斯蒂安就生活在一个恶的、同类相食的世界中，他把母亲作为诗歌创作的一种工具，甚至不惜将母亲和表妹作为自己获得同性恋伴侣的一种诱饵。他错误地将自己的幻觉等同于一个创造了丑恶的同类相食的世界的上帝。这是因为他生活在一个完全封闭的世界中，拒绝与人交往；而作为一个诗人，他是个自大狂，有着严重的自恋情结，他的母亲是他唯一的读者。塞巴斯蒂安终于让自己成了他幻想中的上帝的牺牲品，以基督徒的圣餐形式奉献给了一群食人肉者。我们从这儿能够很清楚地看到剧作家的告诫，那就是一旦恶魔缠身，生活中美好的事物将荡然无存，人性中罪恶的、粗野的品性将被充分地暴露，其结果将最终毁灭自己。

让我们再回到《蜥蜴之夜》。如前所说，人与人之间的无法沟通、对上帝的质疑以及对毁灭与死亡的偏爱，是威廉斯剧作的一贯主题。在《蜥蜴之夜》中，香农的主要困惑，也是"这个世界上最古老的问题。即需要相信什么东西或什么人"。而汉娜一直在帮助香农消除这种对世界的不信任感。香农在第二幕中曾对汉娜说："西方神学，其全部神话，都是建立在一个年迈的、有过失的上帝的概念之上。……我不再，也不能继续引导人们去颂扬、崇拜这么一个……易怒的、脾气暴躁的老头。"一旦意识到香农这个属于信仰方面的问题，汉娜很快便为他找出了解决的方法，即与人交流沟通。

最后，让我们对威廉斯在戏剧创作中蕴含的主题思想进行总结：威廉斯在戏剧创作中孜孜不倦努力探索的问题，本质上还是社会伦理关系。比如，肉体与精神之间的强烈冲突、逃亡乃至对救世主的期盼归根结底源于两性关系。

二、艺术创作特色

（一）哥特式风格

"哥特式"（Gothic）一词本意为"中世纪的""野蛮的、不文明的"，原指中世纪流行的一种建筑式样。从事这类小说创作的作家们没有去描写、反映现实生活，而是从中世纪的建筑物及其废墟中获取创作灵感，并由此产生丰富的联想。因此，这类作品多以充满恐怖气氛的城堡废墟和充满神秘色彩的寺院为背景，内容都是涉及一些因争夺财产或满足个人情欲而引起的谋杀、迫害事件，故事情节往往笼罩在一股怪诞、紧张、恐怖与神秘的气氛中。主人公往往是一些图谋财富的罪犯或以犯罪手段保护掠夺来的财富的恶棍，都是些病态人物。这类作品美化了中世纪的封建制度，通过对神奇荒诞事物的描写，展现一些理性与常识无法解释的、充满神秘与痛苦的生活之谜。

哥特式艺术表现手法是美国南方文学传统的特征之一。南方文学作品多通过描写血腥的暴力行为和神秘事件，诠释残酷的激情与超自然恐怖的主题。这类作品的作家常以神秘、阴森、恐怖和破败的南方旧宅为主人公的生活环境。如在《别的声音，别的屋子》中，卡波特（Carl Potter）描述了乔尔只身一人冒着阴森可怕的风雨来到陌生破败不堪的小镇，又在黑暗中穿过树林，来到残存不堪的大宅院。福克纳在他的短篇小说《献给爱米丽的玫瑰》中也以动人的笔触刻画了爱米丽所住的四方形大木屋，装点着19世纪70年代风格的圆形屋顶、尖塔和涡形花纹的阳台。许多年以来，除了爱米丽和黑人男仆外再无人出入这个业已破败的旧宅，屋里摆放着包有皮套的笨重家具，并弥漫着尘封的味道。在爱米丽死之后，踏入这"尘埃遍地、鬼影憧憧"的神秘宅邸后才发现，这么多年爱米丽竟然一直与荷默的尸体同枕共眠。麦卡锡在他的最后一部南方小说《萨特里》中描绘了萨特里重回童年故居，见到破败宅邸时联想到先人在餐厅就餐时触目惊心的污秽场面："排骨滴着污血……看家护院的狗和饥饿难耐的叫花子在草堆里争抢残羹剩饭。"

这种南方文学奇异、怪诞的哥特式风格在威廉斯的戏剧作品中也有着生动的体现。这一独特风格在威廉斯的前期剧作《欲望号街车》中已经呈现。艾斯特·杰克逊（Esther Jackson）在《田纳西·威廉斯破碎的世界》一书中，将威廉斯带有哥特风格的剧作命名为"合成神话"（Synthetic Myth），并对其美学特征进行了归纳概括："威廉斯的当代神话是合成的，它借鉴了电影蒙太奇的手法，是由许多伦理、哲学、社会、诗学、理性和宗教的视域杂糅而成，但这种合成视域的结构必须是合乎逻辑的。威廉斯的神话折射出了现代人的困境，这需要综合的阐释体系方能重建意义。"[①]剧作《欲望号街车》包含了杰克逊所说的"合成神话"中的诸多因素。文章将深入分析该剧所体现出来的哥特式特征。

美国南北战争后，随着蓄奴制的废除和北方工业化的冲击，以种植园为主的南方经济体系逐渐走向崩溃。在动荡的历史变革中，南方的乡绅贵族式的生活方式以及维系这种生活的社会、道德体系日渐衰亡，但他们却不甘心，徒劳地要扼守这一切。他们精心设计出来的举止风雅、谈吐得体的南方淑女为了固守对男人的从属地位、为了不违背虚伪而又无人性的道德观念、为了维持种植园时代的生活方式从此也走上了自我毁灭之路。戏剧第一幕中就呈现出两个极端的对立面，一是举止优雅代

---

① 　Esther Jackson.The Broken World of Tennessee Williams［M］.Madison: Univ of Wisconsin Press, 1965: 52.

表南方贵族文化传统的布兰奇，一是粗鲁野蛮代表北方工业文明的妹夫斯坦利。斯坦利对布兰奇面容滔滔不绝的评价且不给布兰奇插嘴的机会就表明了他们之间不可调和的矛盾。第二幕中斯坦利为了遗产而乱翻布兰奇的箱子更加激化了两者之间的矛盾。接连后面几幕中作家都描写到了斯坦利对布兰奇的不友好及布兰奇对斯坦利的反感。他们之间矛盾最激烈的场景发生在第十幕，这也是全剧的高潮。斯坦利强迫布兰奇扔掉瓶子，说道："咱俩的这场幽会是从一开始就定好了的！"接着，斯坦利就占有了布兰奇的身体。这一幕象征着布兰奇代表的腐朽的南方旧传统及价值观最终被斯坦利代表的残酷的却充满活力的北方工业文明所毁灭。

在《欲望号街车》中，威廉斯将社会变革与哥特式主题很好地结合在一起，展现了南方淑女布兰奇人性的堕落和扭曲，对社会变革对人类精神家园造成的冲击进行了反思。

哥特式风格同样体现在该剧的情节构造上。从第一幕开始，威廉斯就告诉读者布兰奇搭乘的是"欲望号"街车，然后换乘"公墓号"车来到一条名为"天堂福地"的街上。这些名称均与死亡有关。不仅如此，从始至终，布兰奇都被她祖先的死所困扰；她对丈夫同性恋的否认和厌恶导致了他的自杀。在第九幕中，墨西哥女人叫卖"给亡人的花"更加渲染了布兰奇命运的悲剧色彩。正如人们所知，死亡是哥特传统的基本要素之一。该剧中充斥的暴力则是另一典型的哥特式特征。第三幕中，斯坦利因为与布兰奇的冲突对妻子斯黛拉施行了家庭暴力；以及从斯黛拉口中得知的蜜月中斯坦利用鞋跟打碎了所有的灯泡。直到第十幕，布兰奇被斯坦利残忍地强暴了。这一切无不令人感到斯坦利的残忍与无情。这种哥特式的情节设置产生了紧张而恐怖的艺术效果。

哥特式故事多以城堡废墟、寺庙等远离社会、人迹罕至的地方为背景，但在批判现实主义作家的笔下，故事的背景则从城堡转移到了现代化的工业大都市。在《欲望号街车》中，威廉斯通过设置场景和利用舞台手段如音乐、声响和音乐烘托出神秘、紧张的气氛，表达了人物的内心和情感。

　　男主人公斯坦利被作家威廉斯赋予了更多的哥特式特征。首先，斯坦利具有野兽般的体魄和活力。虽然剧本中并未对斯坦利的外表作细致的描述，但是从第八幕布兰奇的话中可以得知，他是个强壮的波兰佬。兽性也体现在他的行为和态度上。布兰奇要斯坦利帮她扣上后背的纽扣时，他断然回绝且加以讥讽。尤其是斯坦利探听到布兰奇不光彩的过去之后，他对待布兰奇的态度异常粗暴，还为她买好了回劳罗尔的单程汽车票。第十幕中，两人之间的矛盾上升到了顶点，斯坦利终将对布兰奇的猜忌和反感转化成为行动——对布兰奇施以强奸。斯坦利不仅态度粗暴，行为也极其粗鲁。他的妻子斯黛拉曾告知布兰奇，他们度蜜月时，斯坦利用她的鞋跟打碎了所有的灯泡。为寻找卖契，他还恼怒地把布兰奇箱子里的东西全部拽出来。全然不顾及亲人的感受。更有甚者，斯坦利把收音机摔出窗外，斯黛拉对斯坦利大喊大叫，说他像只野兽，斯坦利竟然残酷殴打自己怀孕的妻子。这更加凸显出他兽性的一面。斯坦利外表强悍，特立独行，他的野蛮粗野足以毁灭布兰奇所代表的南方种植园文化。内战后，北方的经济并未遭受破坏，而南方的经济却几乎受到毁灭性打击，虽然联邦对南方进行了重建，但南北方的经济相差还是相当大。文化差异和特定的文化优越性导致遗传或者种族间的差异。

　　整个故事的场景设置在新奥尔良贫民区的"天堂福地"大街，斯黛拉所住的公寓楼久经风雨，破烂不堪。戏剧一开始就向观众展示出典型的哥特式场景。类似的场景描写在第九幕中也有交代，当米奇解开布兰奇虚伪造作的面孔，她的整个虚幻世界从此坍塌。这时，一个瞎眼的墨西哥女人来到街角附近叫卖在葬礼上使用的劣质锡花。布兰奇打开门，那个墨西哥女人便递给她亡人的花。这无疑加剧了布兰奇的恐惧心理，也为观众构建出一个惊悚的画面。威廉斯除了在舞台设计方面采用了哥特式手法，他也巧妙地利用了一些舞台手段如音乐、声响。例如，从拐角处酒吧里传出的是产生于黑人之中的布鲁斯音乐，布鲁斯是19世纪60年代发源于美国南方腹地的一种黑人音乐，是一种悲叹生活、渴望爱情、发泄愤懑的音乐表达方式，是黑人苦难生活的真实写照。布兰奇声名狼藉被家乡人抛弃，她渴望对男人的依赖，因而布鲁斯音乐表达了布兰奇内心的哀怨和渴求，为此剧定下了阴郁的基调并贯穿于整部戏剧。第六幕，当布兰奇向米奇提及丈夫自杀的事，波尔卡舞曲《瓦索维尔纳》响起，不仅表明布兰奇对其丈夫之死的歉疚心理，也代表她的精神渐入崩溃。第八幕中，当斯坦利递给布兰奇那张返回劳罗尔的汽车票时，《瓦索维尔纳》再次响起，她双手紧紧卡住喉咙，喘着粗气，仿佛斯坦利的残酷无情已彻底使她无法呼吸。

巴赖·阿蒙德（Balley Almond）指出："神秘这一词自然而然地同哥特体裁联系在一起。"为了营造神秘、紧张的气氛，剧作家也运用了音响效果。第十幕，妹妹斯特拉到医院待产，斯坦利走进浴室，布兰奇预感到将要发生在她身上的悲剧。此时，传来酷似丛林中令人不寒而栗的野兽的嚎叫声，暗示了布兰奇紧张的心理活动。为了增强视觉效果，墙上还出现了恐怖、凶险的阴影和影像。第十一幕，医生和护士来接走布兰奇时，斯坦利挡住了布兰奇，墙壁上再次呈现出怪异的阴影和影像，揭示出布兰奇极其恐惧的心理活动。

由此可见，威廉斯在现代语境中把生物学、文化、伦理学等诸种视域熔于一炉，创作出了如杰克逊所说的合成神话。

在后期的《琴神下凡》《甜蜜的青春鸟》等剧作中，这种哥特式风格则更加明显。因此，威廉斯以"情节怪异的戏剧大师"而著称。《琴神下凡》一剧触及了威廉斯很少涉及的种族主义、美国南方私刑等话题。剧中的"琴神"凡尔声称自己见过一种没有腿，一生都在空中飞翔，至死才会落地的"无足之鸟"，它们能利用保护色和高飞的本领躲过老鹰的追捕，还能自由地在风中展翅而眠。这种子虚乌有的奇特鸟类是剧作家想象出来的上帝创造的完美生物，也是如同凡尔一般的流浪者的象征。最终，凡尔被镇上人用喷灯（氧炔切割器）活活烧死，"阴森森、蓝荧荧的烈火映出周围一群魑魅魍魉的狰狞嘴脸"。

在舞台演出中，喷灯喷射出的巨大烟雾使这一暴力情节显得过于夸张，而凡尔这个半人半神式的人物也具有强烈的象征意义。《玫瑰黥纹》中的塞若芬娜在两次受孕的当天都感到胸部刺痛，胸脯上神奇地出现了丈夫身上所刺的玫瑰花纹，却又很快消失不见。对这一情节，读者和观众觉得难以置信，连没有目睹这一奇观的塞若芬娜的丈夫罗萨里奥都认为这是无稽之谈，一笑置之。《甜蜜的青春鸟》中的阉割以及《去夏突至》中的食人行为等更加耸人听闻。其中，《去夏突至》一剧中表现出来的神秘主义和恐怖主义色彩更可谓达到了极致。在第一幕中，威廉斯就描绘了一个令人毛骨悚然的"生态园"，这是同性恋诗人塞巴斯蒂安生前所建造的奇特花园，如同史前的热带丛林一般。这座"生态园"位于新奥尔良花园区一座维多利亚时期哥特式风格的宅邸内，在这个色彩浓艳的园子里，树上开着硕大的花，像是从动物躯体内掏出来的鲜血未干的器官，丛林里充斥着刺耳的吼叫声、嘶嘶声和拍打声，仿佛里面住着的是性情凶残的野兽、毒蛇和飞禽。下面将对威廉斯的后期剧作《去夏突至》体现出来的哥特式风格进行详尽的解读。

剧作《去夏突至》围绕着未出场的塞巴斯蒂安展开，剧中主要通过他的母亲维奥莱特·文柏夫人和表妹凯瑟琳·霍莉的叙述讲述出他游历加拉帕戈斯群岛、亚洲、欧洲以及到最后被人生食的过程。塞巴斯蒂安曾相邀母亲去加拉帕戈斯岛游历，一起观看了群鸟捕食海龟的一幕。评论界认为："猎食海龟与塞巴斯蒂安被吃具有相似性，叙述者是在运用不同的意象指称同一个对象。"[①] 无疑这样的暗示营造出一种毛骨悚然的神秘气氛。在这部剧作中，威廉斯生动地向读者展示了生物界恐怖残酷的竞争画面，秃鹰对海龟的野性凶残，以及弥漫在空中"野蛮、饥饿、刺耳的群鸟的尖叫声"，使得秃鹰、海龟和浸满鲜血的沙滩构成了古老生命运转轮回的图腾。在主人公塞巴斯蒂安的眼中，并没有看到隐藏在混乱之下的和谐，而是看到了无助的生命在面对野蛮面前的逃遁。匍匐在浸满鲜血的沙滩上的海龟，犹如《旧约》中所说的人在旷野上面

① Tennessee Williams.The Theatre of Tennessee Williams［M］.New York：New directions Publishing Corporation, 1997: 357.

对呼啸凌厉的上帝的灵。"在纵帆船上看了一整天迷魂岛上上演的事，直到天黑得无法看清为止，然后回来他说现在我看见它了，他的意思是上帝。"在大自然的献祭面前，塞巴斯蒂安获得了对野性的恐惧和敬畏。

自从在海岛上目睹了海龟被群鸟捕猎之后，他就产生了把自我献祭给这个残酷的命运以净化污浊灵魂的想法，"去完成！一种！——形象！——他把自己当作一种牺牲——去给这可怕、残忍的上帝"①。最终，他被饥饿的孩子撕碎生食了：他们用手或者小刀或者可能是他们用来制造音乐的锯齿状的白口铁罐头，把他撕裂了，切成了小块。他们把他撕裂了，塞进了他们吞咽猛烈的张大的小黑嘴巴里。他们都走了，只剩下塞巴斯蒂安了，他们把他留下来，就像是一束大的白纸包起来的红玫瑰被撕裂了，丢弃了，碾碎了！

凯瑟琳对塞巴斯蒂安的叙述是对罗马圣塞巴斯蒂安传说和"死亡与再生"神话的一种戏仿。弗莱（FFrye）把这种戏仿称为恶魔神话："梦魇和替罪羊的世界，痛苦、迷惘和奴役的世界，还未牢固地确定起来的世界，到处都是废墟、墓穴、摧残人的刑具和愚昧的标记。"②这个世界暗示了"存在主义的地狱"。恶魔神话的中心主题是颠倒与反讽：浪漫主义可能反转为"雌雄同体、血亲乱伦或者同性恋"，牺牲、受难可能表现为罪恶的酒神撕碎献祭，圣餐可能被贬低为他的恶魔的拙劣模仿或自相残杀等等。剧本《去夏突至》中的合成神话因素表现为对先前基督教徒、异教徒和浪漫童话原型的讽刺甚至恶魔化。

总之，只有这种戏剧才能赋予生活某种新的含义，"它们作用于我们突然清醒的头脑，如休止符、延长符、凝滞的血流、冲动的呼唤，以及急性增长的形象。戏剧使我们身上沉睡的一切冲突苏醒，而且使它们保持自己特有的力量。"③

---

① Tennessee Williams.The Theatre of Tennessee Williams [M].New York: New directions Publishing Corporation, 1991: 421-422.

② 诺思罗普·弗莱.批评的剖析 [M].陈慧，袁宪君，等译.天津：百花文艺出版社，1998: 167, 170.

③ 安托南·阿尔托.残酷戏剧——戏剧及其重影 [M].桂裕芳，译.北京：中国戏剧出版社，1993: 27.

毫无疑问的是，威廉斯在文本当中通过哥特式风格的戏剧本身蕴含的恶魔性力量，消解了人类对正统理性现实的幻梦式的认识，促使人类在涅槃中重新建立平衡，在虚妄的精神视域中直面残酷的现实命运。

（二）地域意识

地方色彩指乡土气息较浓的文艺作品所具有的一种艺术特色。这类作品描绘某一地区所特有的社会风气、乡土人情、自然风貌，并适当运用方言土语，形成一种地方色彩，有助于真实、生动地反映某地区的社会生活，增强作品的艺术感染力。一般而言，地域意识是指话本（或拟话本）小说家对待、表现地域性的态度。地域性主要包括三个层面：一是构成一个地域明确存在的诸种物质形态——河流、山脉等自然环境以及宅第室家、街衢巷陌等人文环境；二是维持一个地域正常运转的诸种制度形态——生产方式、生活方式等；三是标示一个地域最本质所在的诸种观念形态——地域民人的思想情趣、心理特点等。地域性具有独特、交融、渐进等特点，其中最突出的莫过于独特性——独特性是地域性的灵魂所在，是特定地域性与其他地域性相区别的标志。[1]在不同的文化中，地域意识的体现有所不同。那么，深受自然界影响的文化概念——地域文学——能够反映出该地域文化习俗、自然环境、生活习惯等对作家的影响，反过来作家也会潜意识地在作品中表达出对该地域的认同感。美国南方慢吞吞拉着长调子的讲话方式、擅长的蓝调和蓝草音乐、烤肉野餐、甜茶、南方的天气和古老的山脉都是南方人骄傲的资本[2]。在这一点上，威廉斯的剧作堪称典型之作。

在历史上，南方是美国一块非常独特的领土，在政治、经济、文化和习俗上与美国其他地区都与众不同。美国南方曾经是个以种植园经济为基础的实行蓄奴制的地区。那里气候舒适宜人，自然环境优美，土地肥沃，与北方截然不同。南方人特有的性格特征源于独特的自然地理条

---

① 孙旭.论明末拟话本小说家的地域意识［J］.重庆大学学报，2015（2）：65.

② Zhang Shengzhen.Bioregionalism, Scholarship, and Activism: An Interview with Professor Michael P.Branch［J］. Foreign Literature Studies 2010（6）：1-7.

件："喜欢令人愉悦之事物、崇尚绅士淑女的优雅礼貌之风、追求自由放任主义、对种族和门第高度敏感、性别歧视……" 可见，南方人性格单纯，生活传统，观念守旧。但同时南方人思想上极具浪漫色彩，缺乏现实感，追求高雅享乐的生活方式，认为生活中最美好的东西不是现下的事物，而是憧憬的未来和幻想中的过去。这种浪漫的保守主义矛盾重重，让人百思不得其解，只能为身在其中的南方人所独有，这是为外人所不能道的。

南北战争中，北方军队取得了胜利。南方的种植园经济和蓄奴制被无情地摧毁，北方快速的工业化进程让南方人无所适从，战后经济的停滞和生活的困苦使得他们更加流连于往昔美好的时光，他们伤心欲绝地望着旧南方那片辉煌、壮丽的人间天堂，整个南方弥漫着沉重的挫败感和逃避现实的怀旧情绪，更加重了他们的精神危机。

到了20世纪初，虽然南方的经济得到了一定的复苏和发展，但是南方的旧传统文化观念也逐渐遭到北方价值观的猛烈冲击和瓦解。尤其是第一次世界大战对整个南方社会都产生了巨大的影响，它拉动了南方的经济，并使南方人的思想观念发生了极大的变化。这一历史阶段成长起来的一批包括威廉斯在内的美国南方作家，怀着对家乡的深情，充分利用自己对南方土地及精神的了解，用客观的眼光审视历史，对南方的浪漫保守主义作了淋漓尽致地刻画和反省，意在帮助南方人摆脱不切实际的梦幻，获得精神上的解放；使他们明白无论过去多么辉煌壮丽，梦幻多么美好醉人，南方人迟早还是要正视自己的历史和面对现实世界。

因此，出现了一大波南方作家，他们通过自己深情的笔触，从家乡撷取灵感，描写南方的点点滴滴，表达出对南方爱恨交加的复杂感情，突出创作主题。有些南方作家拒绝世人给他们的称呼——地域主义作家，可是有两位作家从未逃避甚至否认自己的南方身份，他们就是威廉斯·福克纳和田纳西·威廉斯。田纳西·威廉斯是一位多产的剧作家，他的艺术成就已获得评论界乃至观众、读者的认可，"威廉斯是美国戏剧史上伟大的浪漫主义者。他的注意力为人类辛酸痛苦的处境所深深吸引……在剧作家状态好的时候，他能够娴熟地通过写作技巧、诗一般的语言和充满活力的想象，把自己的思想转换到其戏剧创作"①。

由于威廉斯本人特殊的南方背景，他在戏剧创作技巧、主题、题材等方面与同时代其他剧作家极不相同，却更接近20世纪的美国南方小说家。此外，他的名字"田纳西"由于本人的家庭背景也不免让人浮想联翩。可以说，"田纳西"暗示的是一种地域意识，或者说是一种家庭主题，体现出他深厚的怀旧情绪，也反映了南方地区政治、经济和文化等的独特性。

田纳西·威廉斯，原名托马斯·拉尼尔·威廉斯三世（Thomas Lanier Williams Ⅲ），于1911年3月26日出生在美国南方的密西西比州的哥伦布市。童年时期，由于父亲经常在外，威廉斯就和母亲、姐姐住在南方小镇的外祖父家，小镇上充满着南方固有的淳朴自然的乡土文化和习俗，是作者心目中的人间天堂。可以说，他童年在南方的生活经历成为影响他以后创作生涯和生活态度的重要因素。威廉斯的作品总是会描绘一群可爱可悲可悯的南方人物和曾经让人流连忘返的南方生活方式，肯定了家乡古老经济结构和文化价值观，带有非常浓重的南方情结。因而他被许多评论家称为"南方传统文化的杰出歌手"。

威廉斯曾经说过，"我是怀着爱来写南方的。我知道南方人不会意识到我对他们的描写是一种爱的表现。我只是因为对这个不再存在的南方的怀念，才写了那些导致它毁灭的力量"。经历了变迁的南方人的那种沉重的失落感和对过去的幻想在《玻璃动物园》中随处可见。

《玻璃动物园》是田纳西·威廉斯的成名作。该剧的成功，使威廉斯一跃成为美国战后最惹人瞩目的剧作家，是继尤金·奥尼尔以后美国剧坛上最灿烂的文学巨匠。评论界普遍认为威廉斯的《玻璃动物园》开创了西方戏剧史上的新篇章，而该剧也成为美国现代剧的一部经典作品被收入各种选集。

---

① Sternlicht, Sanford. A Reader's Guide to Modern American Drama.[M]. NY: Syracuse UP, 2002: 106.

《玻璃动物园》是一部带有自传性质的家庭剧。剧情的背景是美国30年代的经济大萧条时期。在这样的背景下，使得这个普通南方家庭希望破灭的故事显得尤为合理。戏剧表达了剧作家的怀旧情绪和梦幻色彩，具有深刻的南方情结。剧中一家母子三人都无法正视生活中的种种不如意，对残忍的现实世界，他们无力开战；对生活的压力，他们选择了逃避到各自的梦想和梦幻的世界里。然而，一味地逃避并不会解决实际问题，它只能导致精神危机，这样的情感的转移只会带来短暂的解脱、更长久的痛苦。人的生活道路不是一帆风顺的，充满着无边的痛苦和折磨，任凭再美好的理想世界都会被现实碾得粉碎。然而，无论生活的道路有多少艰难险阻，历史的车轮还是滚滚不停一直向前转动的，人必须要懂得面对现实，迎接生活的挑战。威廉斯通过讲述阿曼达一家人的故事，深刻地反映了美国南方人在南北战争失败后的社会疏离感、精神漂泊感和人生幻灭感，以及他们在美国经济大萧条时期幻想和现实中逃避的无奈和挣扎，生动地再现了这段历史时期南方家庭的生活。

实际上，威廉斯的大部分作品大都以20世纪上半期的美国南方为背景，描写没落的南方社会和失落的精神世界。剧作家赞扬南方美好的过去，感慨它的败落。一定程度上，密西西比三角洲的景色和气息已经融入了威廉斯的生命和创作生涯之中。

古时的三角洲地区，棉花是最重要的农作物，而且棉花的重要性一直绵延到了现今。在悠长的历史长河中，种植园主因其勤劳能干而获得巨大成功和声望。在《热铁皮屋顶上的猫》中，密西西比三角洲最大的棉花种植主大爹波利特认为三角洲是尼罗河谷这一面最富饶的土地，并且他也坐拥两万八千英亩的棉花种植园。对南方土地生死相依般地依恋和依赖不单单是为了生存，更是为了拥有古老的家园，这是南方的古老传统。大爹不但以拥有富饶的土地为豪，而且他也希望自己的财富和家园可以生生不息，世代相传。这也是典型的南方人财富观念。

南方土地上悠闲而富裕的生活方式，使这片土地带有某种浪漫的气息。生活的悠闲，不仅体现在富裕的种植园主的身上，在自耕农的身上也有所体现：这些自耕农过着一种自给自足、悠然自得的生活。这就养成了一种自由放任的生活态度和享乐主义思想。作家在《地球王国》中将人们爱好享受的传统与富饶的三角洲地区联系起来，体现出地理环境对人们的思维方式和语言行为有着决定性影响。在剧本《夏与烟》中，威廉斯设计了特殊的舞台象征精神与肉欲这两个同时并存又相互冲突的世界。舞台上的喷泉由一座天使石像构成，泉水便从天使交叉的双手中流出。天使的两翼腾空而起，指向苍穹。与之形成鲜明对比的然而那群来到泉边喝水的寻欢作乐象征肉欲的男女，以及月亮湖赌场。月亮湖是密西西比河古老的通道，是威廉斯最常运用到剧本中的。月亮湖就藏在威廉斯的记忆深处。在剧本《天使之战》中，在比拉的回忆中，托尔斯女士的父亲购买了月亮湖北部湖边的土地，并在上面建造了木质的凉亭，种植果树和葡萄藤。天气晴朗的时候，比拉和丈夫就会和其他的年轻人到月亮湖聚会饮酒狂欢。再者，《琴神下凡》栩栩如生地描写了月亮湖湾果园的田园景色，那里就是一个用劳动和爱情构建起来的世俗伊甸园。

威廉斯曾称具有强烈荣誉感和庄重感的南方也拥有骑士传统，这是北方从未有过的。在威廉斯看来，与美国北方冷漠的人际关系相较，南方社会中人与人之间的关系要更加友好亲密，而且不是功利性的。从某种意义上来说，基于对自己故土的热爱，威廉斯把美国南方旧传统文化过于理想化了。比如，《天使之战》和《琴神下凡》中人们对小城镇的不理解、不宽容；《甜蜜的青春鸟》中芬利的偏执狂行为和煽动群众闹事的事件等都是南方传统文化中为人们所诟病的因素。尽管剧作家无意对南方旧传统文化流露出一种厌恶情绪，但内心深处还是眷恋着这片土地及这片土地给他带来的影响，强烈谴责控诉致使南方文明堕落的力量。

对南方的热爱流淌在每位南方作家的血液中。尽管在南方文艺复兴时期，许多作家无情地揭露了南方制度及社会风俗的种种弊端，但是这掩饰不了他们对南方的深切的爱。威廉斯也是怀着这种爱恨交织的感情来描写南方的。这种感情充分体现在他对南方淑女的描写中：他对她们的装腔作势、故步自封和不合时宜等都做了深刻地揭露，但他对她们又抱有深深的同情。《欲望号街车》中的布兰奇和《玻璃动物园》中的阿曼达就是典型的例子。

威廉斯创作中的地域意识来源于他儿时的经历和回忆以及他对南方文化传统的感知判断和对故土浓厚的感情。威廉斯曾说过南方不仅是养育他的故土，也是他灵魂永远的家园。虽然成年后威廉斯没有经常回到他的故土，但是他的戏剧创作的对象都关乎南方人和南方的文化。他曾说"我笔下展示的是人性，我写关于南方的事，是因为我认为浪漫主义，以及对浪漫主义的敌视之间的冲突在南方是十分尖锐的。我突出的是精神领域的现实而不是社会领域的现实"①。

威廉斯强烈的地域意识、对南方传统文化真挚的爱，尤其是他对密西西比三角洲和新奥尔良的独特感情，赋予其创作灵感，提供其写作素材。"田纳西为给他挡风遮雨、带来慰藉的南方刻下了难以磨灭的印记，威廉斯使得南方彻底成为其生命的一部分，所有人都认为威廉斯和南方许多地方紧密联系在一起，人们会发现威廉斯的灵魂弥漫在拥挤的街道之中，是威廉斯使得这些地方成为世界文学地图上永久的和难以忘记的重要组成部分。"②

（三）现实主义特征

田纳西·威廉斯在1948年和1955年分别以《欲望号街车》和《热铁皮屋顶上的猫》获得普利策奖，尤其是他的成名作《玻璃动物园》"开创了西方戏剧史的新篇章"③。由于作家在作品中使用了大量的象征主义手法，所以人们很难确定他的创作是现代主义还是现实主义。有人

① Holditch, Kenneth, and Richard Freeman Leavitt.Tennessee Williams and the South. Jackson：UP of Mississippi, 2002: 103.

② Holditch, Kenneth, and Richard Freeman Leavitt.Tennessee Williams and the South. Jackson：UP of Mississippi, 2002: 204.

③ 凯瑟琳·休斯. 当代美国剧作家［M］. 谢榕津，译. 北京：中国戏剧出版社，1982: 25.

说："他是一个浪漫主义者，一个孤独的，充满欲望的幻想家。"① 美国剧评家约翰·加斯纳（John Gassner）则说他的作品缺乏特有的社会激情，只有放荡不羁的艺术家的那种"为艺术而艺术"的激情。这是说明威廉斯并不是一个现实主义者。持同样观点的还有威尔斯（Wales），他在《田纳西·威廉斯》一文中写道："他是在尽力运用漫画、神话、祭祀仪式、阴惨的情节、象征、变形的布景、视觉与听觉效果来掩蔽现实。"② 但也有人倾向于另一种认识，说威廉斯的戏剧是"资本主义制度下中产阶级下层家庭崩溃的戏剧化表现"，并带有强烈的悲剧色彩，富有社会批判性。这里我们权衡一下上述观点，我们说，尽管有些人对威廉斯失去了往日的热情，但大多数人还是承认：威廉斯在继承美国戏剧的现实主义同时，又不同程度进行着艺术创新，其出色表现是："他使美国戏剧真正摆脱了欧洲戏剧的影响，开创了自己的传统。"③

　　传统的现实主义特征主要有以下三点：首先，它比较客观、真实地反映现实，作家们强调文学应该严格地反映生活的本来面目，注重客观的真实性，把真实描写现实作为信条。其次，强调对现实的揭露和批判，明确表示对现实的不满与反抗，这与浪漫主义的描写理想和抒发感情迥然不同。它勇于探索资本主义罪恶的根源，深沉地描写了下层人民的悲惨生活，抨击了资本主义社会的冷酷无情。最后，注重情节的真实性，强调人物与环境的典型性。威廉斯的创作中虽然表面上并未直接揭露和批判重大的社会问题，但部部剧作却都源于剧作家的生活经历和对生活的敏锐观察，并通过新的戏剧表现形式表达了对南方深深的爱以及影射了现代美国社会的腐朽和堕落。

　　《玻璃动物园》是一部不很明显的自传性家庭剧。故事的背景是美国30年代的经济大萧条。描写了住在路易斯廉价公寓的温菲尔德一家：母亲阿曼达和两个成年子女汤姆和劳拉。汤姆是故事的叙述者，他有理

① 伊哈布·哈桑.当代美国文学［M］.陆凡，译.山东：人民出版社，1980：216.

② 曹国臣.田纳西·威廉斯评论集［M］.北京：中国戏剧出版社，1991：86.

③ G·麦米查尔.美国文学集［M］.东秀，等，译.北京：中国文联出版社，1985：1485.

想，想当一个诗人或是去冒险，可是为了养家糊口却不得不在制鞋厂里当工人。姐姐劳拉一只腿残废，心理自卑，拒绝与外界接触，整天在家听唱片和摆弄一堆玻璃动物。母亲阿曼达是一位曾有过好日子的南方淑女，整天沉溺在幻想和回忆中。劳拉是以作家的姐姐罗斯为原型。她脆弱的性格使她不能适应现实世界的冷漠、残酷和无情。所以她为自己创作了一个音乐和玻璃动物的幻想世界。她自己就像其中一只玻璃动物，极易损毁。阿曼达被丈夫抛弃，儿子不负责任，女儿身心俱残。她只有靠回忆过去来寻求安慰。母亲阿曼达把女儿的未来寄托在出嫁上。她让汤姆在自己的同事和朋友中找一合适的年轻人。汤姆请了同事吉姆来家吃晚饭。原来吉姆是劳拉的高中同学，劳拉默默地爱了他六年。晚饭后，两人一起跳舞接吻，但这一美梦在现实面前却显得不堪一击。吉姆坦白他已经有了未婚妻。汤姆因此受到母亲的谴责，愤然离家出走。威廉斯曾在这个剧本的第一版本中写道："当你看到一块精致的玻璃时，你会想到两点：它是多么的美，可又是多么地容易碎。"劳拉最后的堕入幻想之中可以看出威廉斯所要表现的正是善良的平凡人苦苦地挣扎在残酷的现实面前希求逃避现实的内心世界。

剧中采取各种手段来烘托这种摇摆在现实和幻想世界之间的生活状态。比如剧中使用的屏幕，位置是在厨房的一段墙上，上边经常用幻灯打上这一场中最重要的形象或简短的文字。在第五场中，屏幕上出现来访者手捧花束的映像。作者要暗示的东西通过屏幕上的形象和文字表达出来。音乐和灯光也被作家用来创作出回忆的气氛。剧中主题曲就像远远地从马戏团传来的音乐，使观众的思绪飘忽不定。

《热铁皮屋顶上的猫》重点在于死亡、情欲、金钱一系列威廉斯全部作品所涉及的主题。剧中不仅刻画了一个粗野专横的人物——"大爹"，也折射出整个美国社会存在的问题。剧中有三个主要人物。布里克27岁，曾是运动员，有望继承他父亲大片棉花种植园。可是，他却整日酗酒，冷漠地对待一切事物。他的妻子玛吉出身贫寒，在家中的地位就像是热铁皮屋顶上的猫。但对于财产绝对不会放手。第三个主要人物是布里克的父亲大爹，他是一个靠自己能力致富的庄园主。故事发生在大爹的生日宴会上，他的大儿子库柏携妻子梅伊带着五个孩子前来祝寿，同弟弟布里克为了争夺家产，处于竞争状态。库柏为了得到父亲的认可，努力成为律师，但是与男性友人保持密切关系、酗酒、吸毒的布里克不费吹灰之力就得到了父亲的欢心。可是男性伙伴的离去还是让大爹狠狠地责备了他。冲动之下，布里克告知了父亲已患癌症的真相。后来，库柏召集家人、医生和牧师向母亲宣布了大爹患病的实情，并且草拟了一份委托书，使其可以在大爹死后控制他的遗产。玛吉则当众宣布她已有了身孕。经过贤妻玛吉的激励以及伯父的开导，库柏才开始了解生活的意义，因而全家最终各得其所。整个剧情结构紧凑，作者创作手法娴熟。随着剧情的步步推进，作家表现了家庭成员争夺遗产的斗争、南方社会的虚伪和欺骗、人和人之间的心灵隔阂和精神上的颓废。

《欲望号街车》是威廉斯的代表作。整部戏的基调是现实主义的。故事发生在新奥尔良的一个污秽的、但还有异国情调的地区。布兰奇是一位性格柔弱、敏感孤独、青春渐已逝去的南方姑娘。为逃避痛苦的现实、摆脱孤独，她前往妹妹家以求安慰和解脱。布兰奇的妹妹史蒂拉和妹夫生活并不富裕，他们住在贫民区一套窄小的公寓里。她对这个地区的污秽不堪感到不可思议。布兰奇在生活上屡遭磨难，她不仅失去了丈夫，更重要的是她失去了她一直眷恋的神话世界。丈夫的乱伦行为粉碎了她美好的理想，使她完全失去了生活的意义和勇气。同时丈夫的自杀又使她感到内疚。她要依赖强者求得生存，不择手段地要达到自己的目的。她曾竭力追求米奇，遭到斯坦利破坏。为了报复，她甚至挑拨妹妹与妹夫的关系，说他们的关系"是兽欲，单纯的欲望"，就像那辆在这个区里砰砰啪啪来回开的破烂街车的名字。最后，在她的妹妹进产院的晚上，斯坦利强暴了她。剧终时，她精神失常，被送进了疯人院。布兰奇对现实生活的残酷无情没有心理准备，只能活在幻想和虚伪中，然而在她身上真正体现了优雅和温柔。

布兰奇代表的是没落的南方文化，而斯坦利则是美国北方新兴工业的象征。威廉斯展示了南北之间的对立和冲突，结局是没落的贵族被野蛮残忍的力量毁灭了。威廉斯这部剧作的意义是表现"现代社会里倚强凌弱，野蛮残忍的恶势力蹂躏了那些温柔而优雅的弱者"①。正如剧评家罗伯特·科里根（Robert Corrigan）所指出的："威廉斯的作品产生于他对人类的抱负与人生的挫折两者之间的极端对立所作的长年累月的深刻观察。他的戏剧所描写的是人的内心里永远在展开的死亡与愿望之间、公与私之间、现实与理想之间、缺乏信心与不可避免的变化无常之间、对生活献热爱与趋向自我毁灭的强有力的冲动之间的搏斗。在当代剧作家中，没有哪一位会比田纳西·威廉斯更能深刻地体会到人类的交往，并从交往中发现一种生活意义，是多么困难的事情。"②威廉斯就是通过不断地将重大的社会矛盾和冲突置于剧本内部，以渗透的方式表现人物的命运。这种方式不但显示出威廉斯对现实生活的敏锐观察力，而且也展现了他独特的戏剧结构特征和刻画人物的方式。这种渗透，形成了剧作在表面的平静，实则暗流涌动。

综上，威廉斯创新性的现实主义反映在他作品中的深刻的思想内容、情节的真实性、人物塑造的原型化以及独具特色的戏剧结构上。除此之外，威廉斯采用的象征主义、表现主义和"以影助剧"的戏剧表现手法加强了这种艺术效果。但无论他采取什么样的写作手法，都是为写实服务的，他真实地描写了美国社会的"逃避者""不合时宜的人"的真实悲剧。正如威廉斯自己说的，他如今"以他自己的生活为基础写出自己的书"来。

（四）浪漫主义思想

浪漫主义是18世纪末19世纪初在欧洲兴起的一种文艺思潮。它在政治上反对封建主义，在文学上反对古典主义。因此，它具有进步意义，对西欧文学产生了积极的推动作用。"浪漫主义"一词源于法语的

---

① 《中国大百科全书》编辑部. 中国大百科全书——外国文学卷［M］.北京、上海: 中国大百科全书出版社, 1982: 1038.

② 郭继德. 外国戏剧［M］.北京: 中国戏剧出版社, 1984: 101.

Romance（传奇），原指中世纪情节离奇的爱情故事，浪漫传奇。到18世纪末，浪漫主义文学思潮开始在欧洲出现。浪漫主义并非自始至终是一个统一的文学运动。但作为一个整体来看，浪漫主义侧重于主观性和抒情性，抒发强烈的个人感情，表露出与社会的对立情绪；通过对自然的描写表达自己的感受；重视民间文学和民族文化的发展；用丰富的幻想和夸张对比的手法去追求曲折离奇的情节以及异域情调。

浪漫主义一直是美国南方文学的主流。作为英格兰贵族保守党的后裔，在17世纪最早来到南方的移民中就已萌发浪漫主义气质，直到20世纪南方文艺复兴时期，仍然大量存在美化旧南方的浪漫主义文学作品。威廉斯堪称以奥尼尔为代表的写实主义创作流派的余绪，其独特的创作风格往往又被研究者贴上批判现实主义、心理现实主义、家庭现实主义、诗化自然主义、象征主义和表现主义等多个标签。可是他在戏剧史上究竟归属哪个流派，至今尚未有一个公认的定论。许多评论家将田纳西·威廉斯纳入现实主义作家流派，如：柯南（Alvin B.Kernan）在《尝试的舞蹈：现代剧院的探讨》中明确指出田纳西·威廉斯是现实主义的作家[1]；伯克维兹（Gerald M.Berkowitz）认为威廉斯的剧作展示的是"家庭现实主义"[2]；希劳尔（Frederick B. Shroyer）认为威廉斯的成功取决于那些最具有现实主义的戏剧作品[3]；王守仁先生的《新编美国文学史》第四卷也提到威廉斯和米勒是现实主义文学的杰出代表。[4]评论家之所以把威廉斯归为现实主义的剧作家，主要是建立在对威廉斯戏剧文本的分析基础上的。然而，戏剧是一门综合性的艺术，它不仅包括剧本，也包括舞台布置、灯光及表演等各种因素。因此在研究评价田纳

[1] Kernan, Alvin B. The Modern American Theatre: A Collection of Critical Essays [C]. Englewood Cliffs, N.J.: Prentice Hall, 1967: 26.

[2] Berkowitz, Gerald M. American Drama of the Twentieth Century [M]. Longman: London & New York, 1992: 86.

[3] Shroyer, Frederick B., Gardemal, Louis G. Types of Drama [M]. Scott: Fresman and Company, 1967: 511.

[4] 王守仁, 刘海平. 新编美国文学史. 第四卷 [M]. 上海：上海外语教育出版社, 2002: 4.

西·威廉斯的作品应从戏剧艺术的整体性上进行解读，而这也正是其戏剧独特魅力的表现。通过分析威廉斯的戏剧创作方法，解读威廉斯的戏剧作品中的浪漫主义美学思想，重新认识田纳西·威廉斯在浪漫主义美学方面的贡献。他因此也被施德利西特称为"美国戏剧史上最伟大的浪漫主义者"。

艺术家个性的形成与他所处的历史文化背景和成长的环境有着及其密切的联系，也是他们艺术创作的灵感源泉。成长道路、家庭影响、美国旧南方文化和性格造就了威廉斯，使他注定要用诗化的语言、用舞台去展现人间的悲欢离合。

美国南北战争后半个世纪，威廉斯出生在南方密西西比州的克拉克斯代尔小镇，并在此度过了一生中最快乐的少年时代。在威廉斯的记忆中，那些早年的平静、幸福的日子是一首田园生活的叙事诗。外祖父是一名牧师，有着特有的贵族气质，外祖母是一名音乐教师，具有极高的艺术造诣，这使得威廉斯很早就接触到了文学与艺术。家庭成长环境更加培养了威廉斯细腻、浪漫的情怀和丰富的想象力。但是在父亲晋升为国际皮鞋公司分公司的销售经理以后，全家从静谧的乡间市镇迁徙到繁忙的大都会，威廉斯感觉像是被逐出了伊甸园。[①]他发现大城市拥挤、肮脏、不友好，并且被中产阶级的阿谀奉承所困惑。[②]在圣路易斯，威廉斯和罗斯的南方口音、行事方式遭受到北方孩子的嘲弄和冷落。威廉斯甚至还被当作娘娘腔的男子而备受蔑视。因此威廉斯第一次有了局外人的感觉，这样的感觉也成为他创作的永恒的主体。尤其是在1932年，他进入一家鞋厂工作，更加深了他对圣路易斯和大工业化工厂的反感和仇恨以及对北方生活的不适应。那些日子（1932—1935年）对他来说是

---

① Leverich, Lyle. Tom-The Unknown Tennessee Williams [M].New York: Crown Publishers, 1995: 8.

② Leverich, Lyle. Tom-The Unknown Tennessee Williams [M].New York: Crown Publishers, 1995: 27.

一场噩梦。①由于威廉斯在美国工业化的现代社会中找不到自己合适的位置，加之人生的失败和父母之间无休止的争吵造成他情感上的压抑，进而产生了异化和迷惘，因此在他的作品中一直重复着渴望"浪漫"的主题，向往精神的伊甸园。他曾幻想自己是一位诗人，这样就可以逃脱出冷酷无情的世俗世界，而去遥望天空、行星和遥远的世界。心中怀恋着对往昔南方田园诗般生活的希冀，威廉斯把写作当成他的避难所，逃避现实，希求永远躲在自己缔造的幻想世界之中，从而用理想去改变现状。"浪漫主义者都是理想主义者，他们向往美好的、完善的人，向往人和世界的和谐，全人类的平等、自由、博爱和幸福。然而这些理想被充斥于现实中的罪恶所碾碎。哀悼理想的幻灭、同时又不放弃对理想的追求和信仰，成为浪漫主义美学的重要特点。"②威廉斯一向秉着用浪漫主义观念去认识感知生活的态度，同时这也是他表现生活的基本原则。由于浪漫主义者用高尚的观念标准去衡量现实生活，必然不合其意，所以他们否定它、蔑视它、仇恨它、逃避它。他们观察生活是寻找生活与观念的差距，然后制造填补差距的生活材料。③在威廉斯进行创作时，他没有以现实世界为视域，对现有的素材进行加工，使它趋于理想化；而是从外在自然印象出发，达到表现情感，这种情感表现就是他的理想，然后再从表现转到自然的事实，用它做工具去再造理想的事实。法国伟大的浪漫主义作家雨果（Hugo）说：诗人的两只眼睛，其一是注视人类，其一是注视大自然。他的前一只眼叫作观察，后一只眼称为想象。④威廉斯用独特的观察方式，尝试着用诗性的语言来展现世界的绚丽多彩，用凄婉美丽的浪漫故事与灯光场景营造出来的现实主义气氛的舞台形成鲜明对比。

---

① Matthew C Roudané. Cambridge Companion to Tennessee Williams[M]. Cambridge: Cambridge University Press, 1997: 151.

② 凌继尧, 季欣.浪漫主义美学与艺术学的理论思考[J].东南大学学报（哲学社会科学版）, 2004（5）: 69-70.

③ 田文信.论浪漫主义[M] 北京: 文化艺术出版社, 1988: 8.

④ 田文信.论浪漫主义[M] 北京: 文化艺术出版社, 1988: 5.

　　田纳西·威廉斯的家庭环境造就了他内向、腼腆的性格，那么，他早年所受到的文化熏陶对他浪漫主义艺术个性的形成起到了至关重要的作用。威廉斯孩提时代的大部分时间是在外祖父典藏丰富的书房里度过的，大量宗教和古希腊神话典籍的阅读在庇护心灵的同时，也为他日后戏剧创作奠定了坚实的基础，可以得心应手地将那些古代神化故事运用到戏剧创作中去，充满了神秘和异域色彩。

　　在外祖父的书房里，威廉斯第一次读到了契诃夫（Antonchekhov）与D.H.劳伦斯（D.H. Lawrence）的作品。19世纪英国浪漫派诗人如华兹华斯、柯勒律治、济慈、雪莱等对他都产生过重要影响。威廉斯也受到美国其他浪漫主义作家的影响，如克莱恩（Stephen Crane）、麦尔维尔（Herman Melville）、惠特曼（Walt Whitman）、狄更斯（Charles Dickens）和布莱克（William Blake）等，也常常会引用这些偶像的作品。自1935年后，威廉斯一直将克莱恩的诗集和用镜框框好的诗人的照片带在身边。1945年后，威廉斯喜欢把克莱恩的诗句作为题词放在他剧作的扉页上，这个习惯一直延续下来。比如在《二十七辆装满棉花的马车》（1946）这本集子的扉页上，就有一首来自克莱恩诗集《白色建筑》里《卓别林式》中的一节诗句。甚至到了四十年后，他依旧引用克莱恩的《到布鲁克林桥》中的诗句到他的剧作《红色恶魔殴打的标记》（1976）。当然，最著名的莫过于威廉斯在《欲望号街车》从克莱恩的《破落的塔》中引用的诗句，这些诗句直截了当地揭露出作者的意图。"破落的世界"，"一个已经随风而去，另一个几乎不值得拥有"，①无论是作为个人的还是作为一个集体的象征的"美梦庄园"，都只不过是幻觉而已。

　　威廉斯与克莱恩的性格、外省背景、家庭给他们留下的心理阴影、神经衰弱、忧郁的心境和同性恋倾向极其相似，这也引起了威廉斯的强烈共鸣。《玻璃动物园》里可以清楚地看出克莱恩对威廉斯影响的独特

① Thomas E Porter. Myth and Modern American Drama [M].Detroit: Wayne State University Press, 1969: 176.

性。当汤姆抓住防火梯的栏杆，对吉姆说他要加入商船中去时，威廉斯认为（此时）他看上去就像是一个水手。"水手"这个词就是直接从克莱恩的诗名《水手》中借用来的，这个词也非常切中当时作为诗人的汤姆的心境（1969年出版的一本克莱恩的传记用的也是"水手"这个词）。这是一个极具象征意义的词：作为一名水手，可以远离这个令人喧嚣不适的陆地世界。克莱恩甚至影响了《玻璃动物园》剧名的确立，英文《The Glass Menagerie》是从克莱恩的诗集《白色建筑》中的《The Wine Menagerie》，即《葡萄酒动物园》中产生。

可以说，威廉斯生命中的大部分时间都把自己戏剧化为异化的浪漫主义者。[①]与大多数浪漫主义艺术家一样，异化使他找到了肉体痛苦在想象上的对应物。他突破生活本身的限制，凭借想象的翅膀，对现实生活进行大胆的改造和变形来抒发自己强烈的主观感情。"威廉斯倾向于用浪漫主义的眼睛来观察世界和人物，正如他的写作那样"[②]，用"远距离"透视，渴望浪漫式迷雾般的象征，或者追求浪漫派称之"彼岸"的理想目标。所以，威廉斯戏剧冲突从头至尾都是诗人浪漫式的探索，他赞美浪漫主义的梦想家，如：理想主义者、衣衫褴褛的老骑士、脆弱的年轻诗人、受惊吓的环境不适者。因此，浪漫主义是贯穿他生活和编织其作品的材料。[③]浪漫主义者认为，艺术家强调的是情感的表现，特别看重抒发作者强烈的个人情感，内心反应和细腻感受，他们的艺术是作家主观表现的产物，[④]当威廉斯"由内向外"地创造时，戏剧作品最具有影响力。

象征手法是威廉斯浪漫主义手法的主要体现之一。象征主义是表现

① Bigsby, C.W.E..Tennessee Williams: The Theatricalising Self- Modern American Drama 1945-2000［M］. Cambridge: Cambridge university Press, 2000: 41.

② Matthew C Roudané. Cambridge Companion to Tennessee Williams［M］. Cambridge: Cambridge University Press, 1997: 149.

③ Matthew C Roudané. Cambridge Companion to Tennessee Williams［M］. Cambridge: Cambridge University Press, 1997: 155.

④ 罗钢.浪漫主义文艺思想研究［M］.西安: 陕西人民出版社, 1986: 19.

思想和情感的艺术，它不直接地描述，而是通过与具体的意象进行明显地比较而给他们以限定，暗示出这些思想和情感是什么，并且通过使用不加解释的象征符号，在读者心里将他们重新创造出来。[①]威廉斯戏剧中的象征主义特征主要体现在以下几个方面：

首先，威廉斯戏剧的标题本身就含有象征意义。在《玻璃动物园》中，通过题目可以解读出玻璃的易碎性和动物的任人摆布，可以让读者感受到劳拉身体和心理上的脆弱。她与玻璃制成的小动物之间的关系就相当于她人际交往的困难和痛苦。她的美丽、精致、柔弱、易碎和玻璃动物一样，只适合"陈列"在书架上。这暗示出劳拉的悲剧性的命运。同时，它也象征了阿曼达、劳拉和汤姆以及在经济危机时期的美国中下层人民的困苦生活和无可奈何。《欲望号街车》来自布兰奇来到新奥尔良搭乘的一辆叫"欲望号"的街车，而后她转车"墓地号"，然后在"天堂福地"下车投奔妹妹斯黛拉。这些名称不仅确切地指明了布兰奇此行的路线，更被作者赋予了深刻的象征意义，从而预示了等待布兰奇的不幸命运。她自认为是旧南方的有教养的贵族，奉行旧南方一整套虚伪而不合时宜的道德观念，然而真正支配她的行为的却是被压抑的欲望。此前在劳雷尔她生活放纵，与许多陌生男子交往甚密，甚至勾引了她任教的中学的一个学生而被校方开除，走投无路之下，她只好投奔她的妹妹。但她的经历不只是被欲望左右那么简单，布兰奇正是两种文化冲突之下，现实与虚幻斗争而牺牲的产物。《热铁皮屋顶上的猫》象征着布里克在同性恋与异性恋这块热铁皮上，像猫一样焦虑不安，没有归属感。

颜色被威廉斯赋予了更加丰富的象征意义。《玻璃动物园》中的劳拉别名蓝玫瑰，使人联想起她忧郁、温柔、敏感的性格。她犹如一件稀世珍宝却不属于这个现实世界。同样，《欲望号街车》中布兰奇第一次出场的白色衣服让人浮想联翩。白色代表清纯、高贵和浪漫，同时也象征着浅薄、虚幻和软弱无力；她的一袭纯白也表明她意图保持一个举止

---

① 查尔斯·查德维克.象征主义[M].肖聿,译.太原: 北岳文艺出版社1989: 4.

优雅的南方美人的形象，然而我们也知道白色在色谱里是最容易被玷污的颜色。白色与她行为的不检点形成巨大的反差。与之辉映的是墨西哥盲人妇女的黑色披肩与衰老的形体。在第九幕中，当布兰奇与米奇的冲突达到高潮时，一位墨西哥盲女人披着黑色披肩"恰巧"来到门外，向布兰奇兜售葬礼上用的假花。众所周知，黑色往往是死亡的象征。这位披着黑披肩的盲女人恰似死神派来的使者，她预告了布兰奇的悲剧命运。除了白色和黑色，红色是剧中另一重要的颜色。在"扑克之夜"布兰奇和斯坦利圈子里的朋友（包括她后来交往的米奇）第一次见面，她换下白衬衣，套上深红色的缎子睡衣。红色具有诱惑和挑逗的象征意义。虽然韶华渐退，布兰奇还是极力想展示她这个南方美人的魅力，吸引男性的目光。

作为20世纪中期流行的艺术样式，电影给人一种奇特的、魔幻般的感觉。由于电影院是威廉斯和姐姐罗斯经常光顾的场所，威廉斯也把电影技巧融入他的创作中，为威廉斯的作品增添了非同寻常的光彩：暗示剧情的音乐设计、具有表现力的灯光等等。这些电影技巧无疑制造出浪漫的氛围。

在《琴神下凡》的序幕中，威廉斯为观众营造了梦幻般的、具有奇异色彩的戏剧场景：场景为南方的一个小镇，一家综合纺织品店和与之相连的一个糖果店呈现出一种非现实主义的样式……商品很少，而这并非真实的……但是，透过宽大的拱形门能看到其中一部分的糖果店却反映了该剧内在一些特点，朦胧的、充满诗意的。

可见，威廉斯剧作中舞台艺术上的浪漫主义色彩就是采用虚实结合、以影助剧的手法，把人物的心理活动用幕布和影像外化为"虚"的舞台形象，与"实"的舞台人物的内心融为一体。作家在屏幕上打上各种画面。运用屏幕演示自然而然就与剧情产生了一种层次感，给观众一种记忆中的记忆、记忆中的幻觉的效果。将主人公想象的事物投射到屏幕上，给人一种真假难辨的错觉。《玻璃动物园》中，当阿曼达为女儿劳拉用两个粉扑作了两个假乳房，等待男客人上门时，屏幕上出现了说明词，"一个漂亮的圈套"①，这是阿曼达为自己的杰作而沾沾自喜的心理表白。当男宾客到来之后，劳拉被一个人留在房间里，屏幕上出现"真可怕"的字样，当劳拉向陌生男人走过去时，屏幕上再次出现"真可怕"②。劳拉从来没有单独一个人面对过男性，她紧张的心理借助幕布传达给观众。由于该剧的每个人都是生活在与现实脱节的虚幻世界中，他们的虚幻世界似乎比现实世界更加来得真实。同样，《欲望号街车》在表现斯坦利强暴布兰奇时，周边的墙上出现了可怕的映像。阴影好似火舌一般沿墙蜿蜒而动。③当布兰奇被精神病医院接走时，卧室的墙上再次出现恐怖的群蛇乱舞像。④布兰奇恐惧的心理活动被外化，展现出北方的工业文明将最后一点没落的南方文化吞噬的画面。同上述的视觉冲击力不同，《热铁皮屋顶上的猫》中的舞台布景的特点是模糊的映像。这个画面，宛如从没对准焦距的望远镜里看出来的景物那样虚幻。房间天花板下面的墙壁神秘地与空气融为一体，以一抹抹的乳白色暗示星星和月亮。⑤作家将私人的空间与外界重构为一体，内外分不清界限，表明这里的主人心境混乱。

浪漫主义色彩的另外一个表现是威廉斯戏剧中的舞台灯光艺术的运用。借助灯光这一重要元素，田纳西·威廉斯有效地传达了"造型戏剧"的内涵，塑造出鲜活的舞台画面，取得了非比寻常的艺术效果。

在《玻璃动物园》中，威廉斯充分运用表现主义的灯光，成功地营造了一种如梦似幻哀婉低回的气氛。由于剧中人苦苦地挣扎在生活的边缘，所以舞台的灯光设计是幽暗昏忽的，这较好地保持了回忆的氛围，营造了一种梦幻般的伤感怀旧色彩。同样，在《欲望号街车》中，作家娴熟地运用灯光来表现布兰奇无法摆脱的罪恶感。为了避免现实场景过于刺目，在布兰奇即将面对米奇的第九幕和她遭到强奸的第十幕，都有

① 田纳西·威廉斯. 玻璃动物园 [M]. 鹿金, 译. 上海：上海译文出版社, 1982：68.
② 田纳西·威廉斯. 玻璃动物园 [M]. 鹿金, 译. 上海：上海译文出版社, 1982：79.
③ 田纳西·威廉斯. 欲望号街车 [M]. 孙白梅, 译. 上海：上海译文出版社1991：331-334.
④ 田纳西·威廉斯. 欲望号街车 [M]. 孙白梅, 译. 上海：上海译文出版社1991：363.
⑤ 田纳西·威廉斯. 热铁皮屋顶上的猫 [M]. 陈良延, 译. 北京：中国社会科学出版社, 1982：226.

把裸露的灯泡罩起来的动作。就是在这种经过过滤的、彩色的光线下，过去和未来出现在被扭曲了的现在，并由此产生出时空错乱的幻觉，时间和空间在此显得飘忽不定。与前两部戏剧不同，蓝白色是《热铁皮屋顶上的猫》中的主色调。蓝白色的灯光给那张大床蒙上一层浪漫的轻纱，布里克一个人翻转在床上，享受斯基普与他轻松、幸福的时刻。灯光把布里克的小家解构成两个空间层面，并置现实与非现实的空间，为玛格利特营造出焦躁不安的气氛。在《琴神下凡》中，威廉斯通过灯光强弱的变换和灯光切换舞台的不同区域，表现出主人公的心情和所处场景的变化。在该剧的第二幕第一场中，大卫的到来又勾起了拉蒂对往事的回忆，这是一种痛苦的、充满忧伤的回忆。

音乐在威廉斯的剧作中同样起着举足轻重的作用。它是人物内心情感的外在体现，是作为从当前过渡到过去，从现实过渡到梦幻的一种提示或标志。不同的场景、不同的人物以及不同的情绪都有着不同的音乐加以表现，从而更加突出了主人公的心情。而且，不同剧作中用在不同主人公身上的主题音乐也有所不同。在《玻璃动物园》中，劳拉出场时的音乐就是明亮、婉约和哀伤的；表现阿曼达的主题音乐则是怀旧情怀和幻想相结合的；而汤姆出场时的音乐则极力展现他的冒险精神。这三种不同的旋律成为他们各自虚幻世界的象征。

威廉斯清丽幽雅的写作风格、诗化的戏剧语言及其作品中所塑造的一个个浪漫主义人物都表明他是一个彻头彻尾的浪漫主义者、一个具有浪漫主义情怀的悲剧诗人。马丁·艾斯林（Martin Aisling）在论述戏剧的本质时强调，"戏剧之所以是戏剧，恰好是由于言语以外那一组成部分，而这部分必须看作是作者的观念得到充分表现的动作（或行动）"[①]。在划分田纳西·威廉斯的戏剧流派时，应将其作为一个整体艺术看待。他以大胆的幻想和夸张的手法揭示了崇高理想和现实的尖锐对立，体现出作者的浪漫主义精神。

---

① 　马丁·艾斯林.戏剧剖析［M］.罗婉华，译.北京: 中国戏剧出版社，1981: 6.

（五）人文主义思想

"人文主义"一词，英文为humanism。然而，随着历史时期和文化的更迭，我们很难给"人文主义"下一个确切的定义。英国哲学家A.布洛克（A.Brock）曾指出，由于humanism这个词意义多变，"使得辞典和百科全书的编纂者伤透脑筋"[①]。现代西方人认为"广义的人文主义是远自古希腊近至二十世纪现代的一种概念，具有多样的表现方式，基本上是一种着眼于人类为具有真理和正义之源的既有尊严又富理性之本体的哲学观。人文主义所诉求的终极领域是人类的理智，而非任何外在的权威，其目标是在有限存在中的最大之善。"[②] 实际上，布洛克也曾建议"姑且不把人文主义当作一种思想派别或者哲学学说，而是当作一种宽泛的倾向，一个思想和信仰的维度……"[③]

古希腊的人文主义思想产生于与神学对立的意义之中，而且古希腊的宗教神学本身就包含人文主义思想的萌芽。古希腊神话中的神祇多具有人的外形、思想、行为和性格特征，有着人类的一切优点和缺点，并非是中国文化中完美的神的形象。古希腊著名的特尔斐神庙的墙壁上刻有这样的铭文"认识你自己"，从某种程度上也体现了古希腊人对人自身的关注。

西方人文精神的张扬个人主义和个人理性的特点，在古希腊时代就已经相当发展，经过后来的文艺复兴、宗教改革、资产阶级民主革命，逐渐形成了以个体为单位，提倡人权、追求自由、崇尚智慧、践行民主的人文传统。[④]从而得出人文主义思想的主要内容——以人为本，以人性反对神性，以人权反神权，以个性自由，理性至上和人性全面发展为理想。

与传统人文主义思想不同的是，威廉斯的人文主义思想有着自己的

---

① 阿伦·布洛克.西方人文主义传统［M］.董乐山，译.北京：三联书店，1994：2.

② 大美百科全书（第14卷）［Z］.北京：外文出版社，1994：286.

③ 阿伦·布洛克.西方人文主义传统［M］.董乐山，译.北京：三联书店，1994：3.

④ 程文桃，纪高飞.论中西文明源头的人文主义思想［J］.河北大学学报，2004（1）：110.

独特性。威廉斯曾说过："我的大部分作品都渗透着社会意识。"正是带着这样一种社会意识，威廉斯在他的创作中尝试着去探索人类世界、生命的意义以及人类的生存方式，进而也形成了威廉斯独有的人文主义思想。

首先，传统人文主义思想强调对主流社会中的人的尊重，而威廉斯的人文主义思想与之大相径庭，集中体现在绝对地尊重每个个体的人，无关性别、性取向、文化背景及家庭背景等。在他的剧作中，表达了他对社会边缘人的关注。在《玻璃动物园》中，当阿曼达沉湎于过去的美好时光，"在一个周日的下午，在我们老家蓝山，在那一天有17位翩翩少年在同一天登门向你们的母亲——我求爱"。从这里我们可以觉察到阿曼达身上的一种刻骨铭心的怀旧、否认、逃避现实的情绪。这种情绪已成为她身体中不可或缺的一部分。虽然身处窘境中，却依然要保持自己的南方淑女风度。而每当阿曼达沉溺于她的少女情怀时，她的儿子便会用一种戏谑的口吻回应他的母亲。但是威廉斯却赞美了她身上的尊严和勇气。虽然阿曼达出身名门，样貌出众，言行举止得体，家境颇丰，但是为了爱情，她毅然决然地选择了一个穷小子。当阿曼达被不务正业的丈夫无情地抛弃时，她并没有被生活打倒，而是勇敢地撑起了这个家，独自抚育两个幼子长大成人。从而，使人们对阿曼达的敬意油然而生。威廉斯代表作《欲望号街车》中的女主人公布兰奇同样有着类似甚至更加悲惨的经历，迫于生活，她从一个高贵的南方淑女沦落为卑贱的妓女荡妇。但是在很多场合，威廉斯都曾说过："我就是布兰奇·杜波伊斯。"通过这样的声明，可以看出威廉斯对南方以及经历了这一切变故的南方淑女命运的关注和同情。威廉斯的人文主义思想不受任何道德准则约束，是脱离一切偏见的。

与此同时，威廉斯的人文主义思想也体现在他对人的精神世界的深入探索。他剧中的人物大多为遁世者，他们与生活的搏斗挣扎成为威廉斯笔下永恒的主题。在威廉斯看来，人的精神世界具有两面性：自然属性和社会属性。每个人天生都有着自己的欲望和性别身份，但是威廉斯不愿让他们的生活受到世俗的质疑和打扰。此外，人类在社会需要归属感。威廉斯剧中的人物生活在夹缝之中：一方面，他们拒绝放弃自己的身份，而是保持自己的本真；另一方面，他们又难以适应主流社会及相应的文化。尤其是他笔下的南方淑女面对着残酷的现实社会却流连于在过去的荣光，想借助于虚幻的世界来抚慰自己寂寞苦楚的心灵，在精神上得到暂时的安慰。例如，《欲望号街车》中的布兰奇美丽优雅，受过良好的教育。了解勃朗宁夫人、霍桑、惠特曼等人的作品，拥有着可以满足自己自立的工作——英文教师。但是骨子里的高贵使她瞧不起任何人。所以，当面对时代的变化，从周围人身上再也得不到她内心应享有的尊敬和爱。于是退而求其次，进入了她的虚幻世界。《玻璃动物园》中，丈夫温菲尔德先生离家出走后，阿曼达把自己所有的希望都寄托在孩子身上。她整日奔波，精打细算，独自抚养两个孩子长大。可是女儿劳拉因腿部残疾而极度自卑无法与人正常交往，沉溺在虚幻的玻璃动物园世界里；儿子汤姆挣扎在家庭的责任与心中的梦想之间，艳羡父亲的洒脱，与母亲争吵后逃离了家庭。阿曼达的梦想就这样在残酷的现实中支离破碎，生活得越痛苦，就越要回到过去的回忆中寻找活下去的信心和勇气。

除此之外，值得一提的是威廉斯的人文主义思想也体现在号召人们对于社会边缘人的宽容、理解和同情上。这样，就解决了在残酷社会现实中如何面对破碎的世界和对抗绝望情绪两个问题。威廉斯曾说过，他所做的另一件体面的事就是我对他人的宽容、爱和柔情。他笔下的人物多酗酒、有同性恋倾向或行为不端，极度需要别人的理解和爱。在《玻璃动物园》中，由于腿部有残疾，劳拉变得敏感而自卑，以至于不敢面对老师和同学，不得不中途辍学。劳拉害怕面对真实的世界，宁愿待在虚幻的世界里。整天听她父亲留下来的旧唱片，摆弄她的玻璃动物们。劳拉就和它们一样美丽而脆弱，非常容易受伤害。迫于母亲阿曼达的压力，汤姆把吉姆——劳拉上学时心仪的对象介绍给劳拉。开始两个人相处还算融洽，但是当汤姆结结巴巴地告诉劳拉他已经有未婚妻时，劳拉的整个精神世界都坍塌了，重新堕入到自己的玻璃动物世界当中。生活上的不如意、爱情上的失意给了劳拉致命的打击。而在这个家庭中能够理解劳拉的莫过于她的弟弟汤姆。尽管他心中有梦想，想要外出冒险，但一想起无助的姐姐劳拉，就坚定信心努力工作养家糊口。后来，汤姆离家之后，他始终牵挂着家人，看到橱窗里的香水玻璃瓶，就会思念自己的姐姐劳拉。我们可以发现，威廉斯把他对人物的同情和爱映射到汤姆身上，通过他的言行完整地表达出来。

　　威廉斯的最后一部成功的作品《蜥蜴之夜》也体现出了作家相信人与人之间要相互理解和宽容。故事发生在墨西哥热带雨林中的旅馆里，故事的男主人公香农曾是一位牧师，后因"通奸和宣传异教"而被赶出了教堂。现在他的工作是一个三流旅行社的导游。他带着一个美国旅行团来到这家旅馆住宿。在这里他遇到了流浪艺术家汉娜。香农正面临精神上的危机而处在崩溃的边缘。通过与汉娜的交流，香农缓解了即将的崩溃，或许他能够找到内心的宁静。实际上，香农、汉娜以及作家本人都一直在与自己内心的"蓝色魔星"做斗争。如米莉奥拉（Miliora）所说，"威廉斯遭受了一系列与严重的精神病有关的病症，威廉斯把这些病症叫作'蓝色魔星'，包括沮丧、情绪波动、身份混乱、恐慌和神经质"[1]。在本剧中，汉娜以一个充满人性的拯救者形象出现，实则代表了作家内心的呼声。在一个日渐失去信仰、人与人之间变得冷漠的时代，剧作家通过汉娜喊出自己对人性的呼吁。他通过汉娜之口说，"除非那是残冷和暴力的事，只要合乎人性，都不会使我恶心"[2]。而正是通过这"独特的从表面上的消极去发现积极的视角，汉娜帮助香农看清了并且去面对关于他自己的真相"[3]。在田纳西·威廉斯的所有作品

---

[1]　Miliora MT. Creativity, 'Twinning', and Self-Destruction in the Life of Work of Tennessee Williams［J］.Journal of Applied Psychoanalytic Studies. 2001, 3（2）: 128.

[2]　Miliora MT. Creativity, 'Twinning', and Self-Destruction in the Life of Work of Tennessee Williams［J］.Journal of Applied Psychoanalytic Studies. 2001, 3（2）: 538.

[3]　Griffin A. Understanding Tennessee Williams［M］.University of South Carolina Press, 1995: 224.

中，"《蜥蜴之夜》也许是最好的一部，因为它赞扬了人类的忍耐力和尊严，也因为它塑造田氏所有作品中最'完整'和'富有同情心'的男主角以及威廉斯众多女主角中最复杂和最富有魅力的女性——汉娜·杰尔克斯"。

威廉斯之所以用了大量的笔墨去描写痛苦的经历和绝望的处境，意在促进人与人之间的宽容、理解和博爱之心。

综上所述，由于威廉斯刻画的主要是心灵扭曲的社会边缘群体，那么他的人文主义思想是特别的。而且在他看来，人文关怀不仅要给予边缘人群，而且应该是不受社会道德准则约束的，肯定人的自然属性。

（六）"雌雄同体"思想

作为一位剧作家，威廉斯拥有一种超越雌雄两性的理解能力和感悟力：一方面他可以"以女性的视角塑造角色"，同时又能够"以男性的视角塑造角色"，甚至"从两性之间的视角来塑造人物"。而他的代表作《欲望号街车》则充分体现了他"雌雄同体"的创作思想。

那么，何为"雌雄同体"？

"雌雄同体"（androgyny）译为"两性同体"或"雌雄同体性"。在西方的宗教和神话中，"雌雄同体"一词的希腊词根最早源于古希腊神话中掌管商业之神赫尔墨斯（Hermes）与美神阿芙罗狄蒂（Aphrodite）之子赫马佛洛狄忒斯（Hermaphroditus），他在沐浴时与仙女萨尔玛西斯（Salmacis）两体结合为两性体（hermaphrodites），这就成为希腊语中"雌雄同体"的词根。在西方，"雌雄同体"的概念广泛存在于神话当中。据考证，"创世纪的第一个人似乎就是雌雄同体的。"[1]除此之外，"雌雄同体"学说也有着哲学和文学的根源，柏拉图（Plato）的《会饮篇》中就曾描述过雌雄同体的神话原型即"第三性人"。[2]

---

[1] 欧燕飞.雌雄同体：性别理想的存在——透析古希腊罗马神话中有趣文化现象 [J].考试周刊，2011（43）：48.

[2] Plato. Symposium and The Death of Socrates. [M].Translated by Tom Griffith. Hertfordshire: Wordsworth Edi-tions, 1997: 21.

到了19世纪以及20世纪卡尔·荣格（Carl Jung）针对"雌雄同体"做了系统的理论阐述，英国女作家、女性主义批评家弗吉尼亚·伍尔夫（Virginia Woolf）在她的文学作品中生动描述了这一形象。然而，文学批评领域中的雌雄同体含义模糊，许多文学家和批评家对于"雌雄同体"都各抒己见。英国浪漫主义诗人柯勒律治说"一个伟大的心灵是雌雄同体的"。在《一间自己的房间》，伍尔夫认为"但凡创作之人，一想到自己的性别，那将具有毁灭性。对于一个纯粹的男性或女性而言，那都是具有毁灭性的。人必须具备两种性别的参透"①。从而，后来有一些激进的女性主义批评家采用"雌雄同体"来剖析文学作品，重新构建两性和谐。由此可见，"雌雄同体"应当属于一种文学创作思想和美学风格。

在《欲望号街车》这部剧中，人物布兰奇和斯坦利正是威廉斯该创作思想的集中表现。两者看似对立矛盾，水火不容，却是威廉斯雌雄同体观的自我实现。这与他矛盾复杂的双重性格密切相关。威廉斯曾承认自己具有一种分裂的双重性格。他说："我拥有一个如此分裂的自我，一个矛盾的自我！当我欣赏 Benton 的画作时，我到看了其中抢眼的东西，即画中体现出来的一种直接作用于感官的，原始的，充满活力的吸引力，这时我忘记了剧中实际上表现的另外的一种与之相对的温柔的，更为细腻的人类情感。是的，这幅画仅仅体现了《欲望号街车》的一个方面，属于斯坦利的那一面。可能从画家的角度来看，这是不可避免的。画布不能够很容易地描绘两个世界，或者说人类心灵的悲观的那一面，至少对于 Benton 这样的现实主义画家来说是这样的。"②我们可以发现威廉斯关于Benton的言辞中"感官的，原始的，充满活力的吸引力"乃是斯坦利身上体现出来的威廉斯的男性特质，而"温柔的，更为细腻的"是指布兰奇身上体现出来的威廉斯的女性特质。

心理学家认为，父母的性格会部分遗传给自己的孩子，这个遗传

---

① 弗吉尼亚·伍尔夫.一间自己的房间［M］.田翔，译.沈阳: 辽宁教育出版社, 2010: 105.

② David Jones, Great Directors at Work［M］. Berkeley: University of California Press, 1984.

部分占有40%，通常被称作孩子的天性。生活环境、宗教信仰等会影响形成性格的60%的因素，特别是父母的模式影响。威廉斯的父亲是一位皮鞋商人，性格暴躁，长期在外工作，崇尚享乐主义；母亲是一位清心寡欲的清教徒，由于父亲常年不在家，使得威廉斯从小就被包围在温柔的、多愁善感的、敏感的女性世界中。尤其是母亲极端的清教观念——他们周围的世界是罪恶和堕落的根源——笼罩着他的一生。这样对立的父母模式导致了威廉斯严重的矛盾对立的双重性格，从而一生都在追求着自我和解。威廉斯把这种诉求投射在他的创作中。比格斯比（C. W. E. Bigsby）曾如此评价田纳西·威廉斯的这种倾向，"在他的《欲望号街车》当中有一种矛盾心理，一种双重情感，在他的整个创作生涯中，他都在接近雌雄同体的边缘。男性和女性之间的关系不仅仅是被紧密地联系在一起而产生了残暴和慰藉，意义和荒谬，这种双重情感是人类情感的两种平等的部分，他们都同样体现着人类情感的一部分。"①

首先，作为一名男性作家，威廉斯通过布兰奇这个人物身份释放出自己的女性气质以突显布兰奇人物本身的复杂性。威廉斯和布兰奇都有着阿瑟·米勒（Arthur Miller）所说的"畸零人"②的人生经历，从富有浪漫色彩、神圣光环的南方田园到怪异而冷酷的现代都市，这样的突变造成了他们难以愈合的精神创伤。对于威廉斯来说，他最快乐的时光是在"自由不羁、甜蜜而半梦幻般"③的南方小镇密西西比度过的。当全家迁往北方城市圣路易斯，则终结了这段美好的时光。代表着现代工业文明的圣路易斯是"冰冷的"，带给威廉斯和姐姐罗斯的只有"孤独和寂寞"④，而威廉斯姐姐和威廉斯本人的精神问题与此也不无关系。

① C. W. E. Bigsby. Modern American Drama 1945 —2000 [M]. Cambridge, UK: Cambridge University Press, 2000: 45.
② 田纳西·威廉斯. 欲望号街车 [M]. 冯涛，译. 上海：上海译文出版社，2010: 6.
③ Tennessee Williams. Tennessee Williams Memoirs [M]. London: Penguin Modern Classics, 1972: 11.
④ Tennessee Williams. Tennessee Williams Memoirs [M]. London: Penguin Modern Classics, 1972: 8.

在翻滚着"实用主义"波浪的世界中，他们变得敏感脆弱，缺乏安全感和归属感，耽于幻想。威廉斯曾称，这部剧表达的是"a plea for the understanding of the delicate people"（希求对敏感脆弱人们的理解）。这里的"delicate"指的就是像布兰奇和威廉斯一样具有"心灵之美、精神的丰富和内心的温柔"①而无法甚至固执地对自己"从未做出过任何的调整"②以适应日趋功利化的社会。

其次，在布兰奇的身上也可以找到威廉斯内在的南方特有的诗化的浪漫的自我。以布兰奇为媒介，威廉斯通过她的一言一行表露出自己诗性的浪漫和智慧。剧中，布兰奇曾引用美国浪漫主义诗人埃德加·艾伦·坡（Edgar Allan Poe）的诗作《尤娜姆斯》来品评妹妹斯黛拉简陋的住所。布兰奇与斯坦利分属于不同世界的人，她"懂得和珍视艺术，对诗歌和音乐有着特别的喜好"，诗歌和音乐促进着"某些更加细腻和温柔的情感的萌芽和滋长"。③他们如布兰奇一般的南方淑女生活在自我建构的虚幻的精神世界当中，以此来寻找完美的自我实现对抗残酷的社会现实，这正如作家本人。"柔弱的人就必须光彩照人——你必须得披上柔弱的亮彩，就像蝴蝶的翅膀，还得——在灯泡上罩上个纸灯笼……仅仅柔弱是不够的。你必须既柔弱，又迷人。"④这虽然是布兰奇的舞台独白，同时也是威廉斯的内心写照。"她对着梳妆台的镜子把那顶莱茵石的皇冠戴在头上，兴奋地喃喃说个不停，仿佛正对着一群幽灵仰慕者说话。"⑤布兰奇用不断地洗澡和华丽廉价的饰物装扮自己掩饰自己的精神创伤，焉知不也是在为自己疗伤？威廉斯在《"我生活的世界"——田纳西·威廉斯自问自答》中说，写作对自己而言"一直就是

---

① 田纳西·威廉斯.欲望号街车［M］.冯涛，译.上海：上海译文出版社，2010：45.

② Albert J. Devlin. Conversations with TennesseeWilliams ［M］. Jackson: University Press of Mississippi, 1986：106.

③ 田纳西·威廉斯. 欲望号街车［M］. 冯涛，译. 上海：上海译文出版社，2010：49.

④ 田纳西·威廉斯. 欲望号街车［M］.冯涛，译.上海：上海译文出版社，2010：108.

⑤ 田纳西·威廉斯. 欲望号街车［M］.冯涛，译.上海：上海译文出版社，2010：179.］

一种精神疗法"①，而这种方法可以使作家压抑的潜意识得到释放和补偿，从而得到一种升华。

最后，剧中男主人公斯坦利身上集中体现了威廉斯的男性气质——一个追求本能快感，野性，富于攻击性的阳性本我。斯坦利的身份和装扮完完全全成为他的阳性符号：他是个年轻英俊却又粗俗野蛮的波兰裔蓝领工人，他拥有健硕的肌肉，穿着紧身牛仔裤。而且，斯坦利身上也集中体现出威廉斯本我中强烈的本能欲望。

精神分析学派创始人弗洛伊德晚期提出了"三部人格结构"说，即本我、自我和超我，认为人格是一种内部控制行为的心理机制，它决定着一个人在一切给定情境中的行为特征或行为模式。本我是指最原始的、与生俱来的、潜意识的结构部分，具有强烈的非理性的心理能量。它按照快乐原则，追求一种绝对不受任何约束的本能欲望的满足。但当这种本能欲望受到社会道德标准的约束时，本我就会感到压抑。

斯坦利的出场就显示出他的原始特征，他是带着"沾着血的一包肉"回来的，俨然是外出猎食返回山洞的史前人类。布兰奇戏称斯坦利为低等人类，还没有进化到人类的"类人猿"。斯坦利身上无时无刻不释放着体内代表生命驱动力的"性能量"，他的每个来自力比多（Libido）的言语和行为，都体现出斯坦利身上那种彻头彻尾的原始本能。但是这种人性最本能的部分却是某些宗教教义特别是清教主义尽力压抑不去触碰的，或以某种隐晦的方式表现的，而威廉斯却敢于将之赤裸裸地展露在人们面前，进行性道德探索。

当谈及剧中布兰奇与斯坦利之间的冲突以及布兰奇的精神崩溃时，批评家们将此理解成为美国现代工业文明对没落的南方种植园文化的征服和胜利。如汪义群教授认为"布兰奇（琪）的失败，可以看成整个守旧、没落的南方的失败，是贵族阶级在北方的资产者面前的失败"②。而如果从柏拉图描述的"第三性人"去阐释剧中人物，可以发现至此作

① 田纳西·威廉斯.欲望号街车 [M].冯涛，译.上海：上海译文出版社，2010：214.
② 汪义群.当代美国戏剧 [M].上海：上海外语教育出版社，1992：79.

者已达成了自我的一种原始的完整性。由此可见，威廉斯苦苦探求的"雌雄同体"思想代表的是一种内在的心理过程，可以达到精神的完整性。

著名美学家朱光潜先生说，"艺术是自然和人生的返照。创作家往往因性格的偏向而作品也因而畸刚或畸柔"[①]。然而，在威廉斯的《欲望号街车》中，我们看到的不是极刚或极柔的性格特征和风格，而是体现了作者雌雄同体在人物上的投射和实现。

综上，威廉斯对于人与社会、人与人之间以及人与自我之间关系的深刻地印证在以上所提到的艺术创作特色，如哥特式风格、地域意识、现实主义特征、浪漫主义特征反映了作家对人与社会之间关系的思考，人文主义思想则体现了作家对人与人之间关系的反思。而"雌雄同体"思想表达了作家对于人与自我关系的思索。

---

① 朱光潜.文艺心理学[M].上海：复旦大学出版社，2010：214.

第四章　威廉斯剧作的文学伦理学解读

在人类社会中，每个人自出生之日便被赋予了多种多样的社会角色，即社会身份。随着社会的不断发展和全球化进程的日益加快，全体人类社会的分工逐渐细化、职能逐渐增加，人们会在同一时间拥有多重社会身份。社会学者罗卡·布鲁尔（Roccas Brewer）曾提到，一般说来，个体在一生中会担任四到七种关键的社会身份，如性别、民族、国家、宗教、职业、政治派别和社会经济地位等。真正从理论意义上为"社会身份"给予准确定位的是社会心理学家亨利·泰弗尔（Henri Tajfel）。他认为，社会身份是基于社会群体而言的，对每个个体具有巨大情感价值的成员身份。它既是个人与和自己相像的他人的关系共鸣，亦是自我与他人差异性的感知。在泰弗尔看来，社会身份是社会化进程赋予人类的，社会化是一个动态的过程，这意味着每个人的社会身份并非固定不变，而是不断处于从一个角色向另一个角色的转变之中。基于社会心理学对"社会身份"理论的建构，文学伦理学批评以"伦理身份"为出发点，提出了自己对于人类"身份"的独到见解。

在文学伦理学批评看来，人的身份是人存在于社会的符号和标志。从先天后天的角度来讲，人的身份可以分为两种：一是由血缘关系决定的血亲身份，如父母与子女的身份；另一种是后天给予的身份，如老板与员工、丈夫与妻子的身份。与此同时，这一文学批评方法认为，"人的身份是进行自我选择的结果"。人类经过自然选择从形式上将自己与兽分离开来，从而获取了自身身份。之后，又通过伦理选择用责任、理性、道德等观念对自身身份进行进一步的确认与完善。因此，我们可以看到，文学伦理学批评视域下的伦理身份与社会学学科领域中的社会身份相比，最大的不同之处在于：伦理身份更加强调人类身份的伦理道德意义。文学伦理学批评将社会身份看作是个体在社会上被接受和承认的身份，"接受与认可"本就含有对某人身份的伦理价值判断，因此，人的社会身份本身便带有道德属性。例如，尼克松为世人所接受的社会身份是美国总统，"总统"的身份定位要求尼克松必须做合乎国家领导人伦理规范的事情，而窃听行为并不符合总统的道德规范，因此，尼克松只能选择脱离"总统"的社会身份。基于此，我们可以看到，伦理身份会对个体的道德行为产生强有力的约束作用。

在威廉斯的剧作中，人物本该在社会赋予他们的伦理身份下各司其职。但是由于南方社会的转型，使他们的伦理身份发生了根本性转变。他们的内心难以调整好与社会、其他人以至于他们自身的发展与完善的关系。与此同时，也使他们承担起了更多的道德责任与义务。

一、析《玻璃动物园》中的家庭伦理观

家庭剧是指戏剧人物、情节、情境均以家庭为载体展开的戏剧。家庭作为社会的基本单位，能够真实地反映社会变化，历来受到戏剧家的关注。20世纪美国戏剧热议的主题仍然是家庭问题。其主要特点是通过家庭关系和个人欲望之间的矛盾再现家庭纠纷和社会问题。

田纳西·威廉斯是第二次世界大战后第一位杰出的美国剧作家。他一生创作了许多戏剧。而他的一部著名剧作《玻璃动物园》就是一出现代家庭悲剧。它讲述了三十年代经济大萧条背景下一个普通南方中产阶

级家庭——温菲尔德一家居住在圣路易斯的一间破旧公寓里的故事。母亲阿曼达虽为生计发愁，却发疯地留恋自己少女时代的风光。戏剧主人公同时也是叙述者的汤姆是一个在仓库里工作的诗人。他向往外面的世界，最终逃离被他形容为"钉起来的棺材"的现实生活。姐姐劳拉性格内向腼腆，因为跛足而更加自卑，每日以玻璃动物制品为伍。整个戏剧围绕母亲阿曼达要为劳拉找一位绅士访客展开。最后终于盼来的绅士竟是劳拉曾经的暗恋对象。可他已经订婚。好不容易有勇气开始面对现实世界的劳拉又陷入了无尽的黑暗中，汤姆最终逃离了令人窒息的家庭，却始终活在遗弃母亲和姐姐的愧疚中。

从伦理学角度来看，家庭是直接的或自然的伦理精神，是以爱为基本规定，体现着自然的和谐。在这个由若干单个人组合而成的联合体中，每个成员都被赋予伦理身份，各自扮演属于自己的伦理角色。成员与成员之间是一种伦理关系，比如夫妻关系、父母与子女的关系。而每个成员也都被赋予了属于自己身份的责任与义务。当温菲尔德一家产生了矛盾，最终导致家庭破裂。其原因若从伦理学角度来解释，文学伦理学批评则可以给出相应的答案。文学伦理学批评站在当时的伦理立场上解读和阐释文学作品，寻找文学产生的客观伦理原因并解释其何以成立，分析作品中导致社会事件和影响人物命运的伦理因素，用伦理的观点对事件、人物、文学问题等给予解释，并从历史的角度作出道德评价。因此，在文学伦理学批评角度下，我们可以发现《玻璃动物园》中家庭悲剧产生的伦理原因，映射出该剧的家庭伦理观。

在《玻璃动物园》中，家庭是由母亲阿曼达、儿子汤姆、姐姐劳拉和抛妻弃子的温菲尔德先生组成的。这实际是一个单亲家庭。父亲在整个剧中都是缺场的，因为他爱上了长途旅行，辞去了电话公司的工作远走高飞，给妻儿留下的只有一张挂在起居室墙上的照片和从墨西哥太平洋海岸的马萨特兰城寄来的一张明信片，上面只写了几个字：你们好！再会！很多学者对于温菲尔德先生抛妻弃子的原因有各种解释。但无论是什么原因都不能抹灭一个事实——他是一个不负责任的丈夫和父亲，他没有尽到一个丈夫和父亲应尽的责任。他的离去是温菲尔德一家悲剧产生的源头。亚里士多德（Aristotle）在他的《尼各马可伦理学》中将父亲与子女之间的爱比作君主对属民的爱，是优越者的善举。他认为，父亲的善举更好，因为他是子女存在的原因。这是最大的恩惠。同时，他在《家室的友爱》一章中专门提出，在家室的友爱中，父亲对子女的友爱被看作是更根本的。如此看来，温菲尔德兄妹从小就缺少这种根本的爱，缺少父亲能给予的最大恩惠。这也就能解释汤姆孤僻叛逆的性格。父亲的缺席时常是儿子叛逆性格的一个重要成因。中国古语有云，子不教，父之过。汤姆酗酒时常夜不归宿，怠慢工作，和母亲吵架无不与父亲缺席有关。父亲的不在场是汤姆叛逆性格形成的根本原因。他的逃离是汤姆无法摆脱的阴影，汤姆自嘲："我像我爸爸，老子坏蛋儿坏蛋。"由于缺少父亲的权威，汤姆最终选择了步他的后尘，离开家庭，残忍地抛弃母亲和姐姐。这正应了中国的那句老话"有其父必有其子"。

作为母亲阿曼达，从未在乎或关心子女的内心生活，他们到底想要什么，也没有给予正确的引导和教育。她为子女着急，只因她内心对不确定的未来感到深深的惧怕。从她对女儿劳拉的劝说中我们可以感到她的不安："那么生活上不依赖别人，又有什么办法呢？我十分了解那些不结婚又没有工作能力的女人会有怎样的下场。我在南方就看到过这样可悲的情况——忍气吞声的老姑娘靠着姐夫或弟媳吝啬的恩惠过活——住耗子笼似的小房间，还被亲戚赶来赶去——像没窝的鸟，一辈子都得低声下气。吃人家的残羹冷炙。"在阿曼达潜意识里，她害怕像自己这样被丈夫抛弃的女人也会有那样凄凉的下场。于是她将自己的未来都赌在女儿和儿子身上，在培养女儿去商学院的计划失败后，她便开始把全部精力放在为她寻找绅士访客。她甚至哄骗劳拉，说她的残疾只是小小的缺点，根本不会引起注意，并鼓励她要有魅力、充满活力。当绅士访客吉姆到来的时候，她不顾劳拉内心的恐惧，强迫她为他开门。阿曼达自私专断的行为让劳拉感到压抑。另外，儿子汤姆作为温菲尔德一家的主要劳动力，阿曼达把他当成未来的另一保障。在他身上寻找安全感，她关注汤姆在仓库的工作能否为他们带来生活保障，全然不顾汤姆是否喜欢这个工作，以及他内心的真实想法和梦想。因此，在得知他因每夜外出看电影而白天精神恍惚时，她斥责他："你有什么权力破坏你的工作，破坏我们所有人的生活保障？"汤姆骨子里透着诗人般的浪漫气质，他渴求自由，向往冒险，他将工作和家庭生活形容成"钉起来的棺材"。因生活压力不得不在仓库工作，担负起养家糊口的重担。而阿曼达却觉得他不求上进："我所知道的年轻人中只有你不懂得。如果你不好好加以规划，未来就变成现在！现在变成过去！而过去则会变成你的终身遗憾。"和汤姆争吵之后，阿曼达意识到子不能为自己的将来带来什么，她只能将全部希望压在救世主般的"绅士访客"上，她对汤姆说："你可以去追求你想要的！但是一定要等到有人取代你的位置。"可见，阿曼达和汤姆的冲突实质就在于汤姆的"我"意识危及了阿曼达所要的"将来"。

在温菲尔德的家庭中，我们看不到一个母亲应有的温情，看不到一个母亲身上该肩负的责任。她的自私、冷酷和专断造成了她和子女之间的隔阂。儿子宁可夜夜在电影院度过也不愿回家，女儿软弱地退缩躲进自己的世界。她对子女的教诲出自对自己未来的考虑。而不是为了让他们长大成人，成为伦理的人。

如果说温菲尔德家中父母没有履行好自己的责任义务，那么作为儿子的汤姆也是难辞其咎的。在亚里士多德看来，家庭中父母与子女之间应是相互地友爱，儿女是欠债者，永远欠父母的恩。子女方面的德行是对父母尽力报答！就像对神的报答一样！只有尽力才是足够的。

自父亲离开后，汤姆成了家中的主要劳动力，他六十五元一个月的工资就是家中的经济来源，房租和电费都依靠他来偿还，残酷的现实生活压力使他万分痛苦。他向往冒险。在仓库工作他认为是庸庸碌碌地混日子："每当我拿起一只鞋，想到人生的短促和自己无所作为就感到不寒而栗。鞋要来有什么用？只有穿在旅行者脚上才有用。"其实在30年代经济大萧条时期，汤姆有一份六十五元一个月的工资的工作比起失业者来说已是幸运了。然而他却对此毫不在乎，他夜不归宿，看整晚的电影，他对阿曼达建议的华盛顿大学夜校的会计班无动于衷，也对吉姆所说的演讲学不感兴趣，他唯一的愿望就是逃离现实生活，去外面冒险。他甚至把应付的电费拿去交了海员商会的会费，以至于家中断电，在他逃离后，母亲和劳拉只得在黑暗中安慰彼此。虽然凯瑟琳·休斯（Katherine Hughes）认为，《玻璃动物园》是一部动人而富有诗意的作品。它的人物——至少汤姆和劳拉是敏感的。他们是与众不同的，威廉斯把这种不同、不正常似乎经常看作是潜在的英雄人物或圣人的标志，而把正常看作反面。在威廉斯笔下，汤姆是有自由精神和诗人气质与现实世界抗争的英雄。但从伦理角度来看，他不过是一个逃避儿子这一伦理身份所赋予他的责任与义务的逃兵。因为他放弃了他的伦理责任与义务，他将母亲和姐姐推向困窘的深渊。我们可以想象，汤姆逃离后，阿曼达和劳拉是怎样度日的。因此，他最后也没能逃过惩罚——虽然表面上逃离了家庭获得了自由，但他始终活在了愧疚中，他的心还是被那个家牵绊着。

聂珍钊教授认为，文学伦理学批评重视对文学伦理环境的分析，要求文学批评必须进入历史现场，从而做到理解人物。家庭的社会本质属性决定了它一定会受到当时整个社会大环境的影响。马克思和恩格斯在谈到资本主义阶级社会的家庭时曾指出，家庭的存在必然受它和不以资产阶级社会的意志为转移的生产方式的联系所制约。戏剧开场时，作为叙述者的汤姆就介绍了戏剧的背景。该剧的社会背景——30年代资本主义国家经济大萧条造成成千上万的普通人失去工作，失去经济来源，生活得不到最基本的保障，人人自危。这也就解释了阿曼达专横自私的行为，她的不安和焦虑是现实生活所迫。她担心维系全家经济保障的汤姆会因为散漫而失去工作，才不断地鼓励他甚至逼迫他。而正是这种来自家庭和社会的压力，让汤姆感到痛苦不已。一方面他不得不担起养家糊口的重任，另一方面他的自我在召唤他逃离出去。到底是为了家庭牺牲自我，还是为了自我离开家人。他陷入了伦理困境。

从文学伦理学批评角度来看，《玻璃动物园》中温菲尔德一家的悲剧源于家庭成员未能各司其职，有的甚至放弃自己的伦理身份，放弃自己的伦理责任与义务，造成家庭伦理秩序混乱，不能重构。然而，在戏剧特殊的经济历史背景下，即三十年代资本主义国家经济所引发的一系列社会经济问题。底层小人物的家庭难逃此劫。威廉斯通过描写他们的日常生活冲突所引发的家庭悲剧，来揭示当代美国社会的病态给家庭伦理道德带来的破坏，这也体现了他的伦理关怀。

二、从文学伦理学视角解读布兰奇悲剧的成因

《欲望号街车》作为一部描写20世纪40年代末期南方中产阶级生活的剧作，上演之后即引起了轰动，连续上演855场，为威廉斯赢得了美国戏剧界的两项大奖——纽约戏剧评论家协会奖和普利策奖。无论是从戏剧的表现形式还是从戏剧的思想内容上来说，《欲望号街车》都给人耳目一新的感觉。美国著名戏剧评论家丹尼斯·瑞尔丹（Dennis Rearden）就曾声称："美国最好的剧本到田纳西·威廉斯的《欲望号街车》就终结了。"剧评家布鲁克斯·阿特金森（Brooks Atkinson）称赞其为"具有几乎使人难以忍受的悲剧性的戏剧"。

《欲望号街车》讲述的是美国南方"美梦"庄园的大家闺秀布兰奇·杜波伊斯走投无路时投奔妹妹却提早招来"杀身之祸"的故事。年轻时的她充满幻想和浪漫的情愫，嫁给了同样浪漫而又颇富才华的诗人亚伦。然而，不幸的是她心目中的完美爱人竟是一位同性恋者，她的梦破碎了。接踵而至的家破人亡把布兰奇遗弃在养尊处优、田园牧歌般的生活圈子之外，她开始自力更生——在一所乡镇中学当英语教师。但她沉睡多年的欲望突然迸发开来，成了一具没有灵魂的躯壳，只知道纵欲。最终声名狼藉的她不得不投奔她的妹妹斯黛拉。可也没有给她带来安宁，反而让她自己陷得更深——被送入了疯人院。

近年来，《欲望号街车》在我国学术界受到了普遍关注，并从各个角度和层面对其进行了研究和评述。特别是对于作品中的女主人公布

兰奇的悲剧性进行了多角度、多层次的剖析。本文从文学伦理学批评视角，从南北文化冲突下的牺牲品、男权社会的牺牲品和缺少真爱的家庭的牺牲品这三个方面予以分析，挖掘出布兰奇悲剧的伦理和道德根源。

（一）南北文化冲突下的牺牲品

在美国历史上，南北战争是一次非常重大的事件。南方特有的奴隶制种植园经济逐渐解体继而被充满活力的资本主义工业所取代，而且建立在种植园经济基础上的南方传统和价值观念也受到人们的排斥。当南方残留的贵族发现自己拥有的充满罗曼蒂克气息的土地正在消失殆尽时，他们手足无措，悲观迷惘，在现实与过去的夹缝中苦苦挣扎、追寻。形势发生了如此的变化，有些南方淑女却力图保持自己高雅圣洁的形象、尊严和处事原则。诚然，接受一种新的价值观很难，完全摒弃旧价值观也不容易。一个人的自我一旦形成，那么改变它就需要一个极其漫长的过程。于是，这些淑女采取拒绝的态度来面对严酷的现实。这样的不顺应历史潮流，必然会遭到历史的淘汰。

布兰奇，曾是位典型的南方淑女：举止优雅、谈吐得体。她本该过着衣食无忧的生活，享尽人间欢乐。可内战搅乱了这一切，北方工业文化的强势笼罩着整个南方世界。随着钟爱的丈夫饮弹自尽，亲人们也相继去世，布兰奇变成了孤家寡人。最后，她的"美梦"庄园也离她而去，也带走了她的美梦。布兰奇只好另寻出路，她选择了投奔妹妹。在新奥尔良的贫民区，代表南方传统文化的她与代表北方工业文明的妹夫斯坦利发生了激烈的冲突。虽然她勇敢抗争，但最终在伦理道德缺失的情况下，北方强奸了南方。布兰奇成了南北方文化冲突的牺牲品。

（二）男权社会的牺牲品

西蒙娜·德·波伏娃（Simone de Beauvoir）在《第二性》中提出，女人不是天生的，是后天造成的，是传统文化和男权社会造就了女人。布兰奇来自南方，旧南方的种植园经济模式决定了男性在生产活动中的决定性作用，也决定了女性对男性产生很强的依赖性。经济上，种植园经济结构使她们依附于男性；思想上，清教徒的禁欲思想，使她们压制本能，安于男性的庇护。于是，女性的弱势体现在寄人篱下，渴望被男人所感叹，渴望被男人所征服。直接的后果就是女性无法寻求她们的存在价值，把寻求男人的保护看成是她们获得幸福的出口，从而成为男权社会的牺牲品。

现实是残酷的。布兰奇曾表明她总是依靠陌生人的善心。先是与水兵厮混，而后诱奸了一个未成年学生，接着不断地投入陌生人的怀抱，直到周围的人唾弃她。走投无路之下，布兰奇只好投奔了妹妹，希望能在这找到她的救世主。她认为要想生存，就得想方设法博取男人的欢心。布兰奇对于自己的美丽以及别人的评价十分在意。刚见到妹妹时，她便夸耀自己保持良好的身材；她隐瞒自己的年龄，喜欢用昏暗的光线来掩饰脸上的皱纹；她对于服饰、香水等有着特殊的嗜好；喜欢用文绉绉的字眼，总是想以此来挽回昔日的美丽。她想用表面上旧式姑娘的言谈举止来掩盖实际的贪酒、纵欲。而她所做的这些表面文章是为了维护她在绅士面前的体面和贤良，把吸引住男人的眼球当作己任。她故作高雅，却依旧掩饰不了她的沉沦：她不时与妹夫斯坦利调情；用下流的法语挑逗米奇；亲吻一个上门收费的年轻人。直到布兰奇陷入泥潭的那一刻之前，她还在想着要依靠谢普·亨特莱来拯救自己。

对于布兰奇而言，男人是她的救世主，是她的救命草。她认为，只要自己猎捕到了男人，就会拥有一切。但恰恰相反，是男人把她当成玩物，是男人使她堕落，男人成了她走向毁灭的催化剂。

（三）缺少真爱的家庭的牺牲品

"家庭作为较小范围内的单个人的联合体，是直接的或自然的伦理精神。家庭以爱为基本规定，体现着自然的和谐。"布兰奇的家庭就处于一种无爱的境地下。

在浪漫主义和享乐主义混合的空气中，沿袭了南方的传统道德观念的布兰奇的祖先们身不由己地贪图一时的享乐。他们找不到发泄自己欲望的正确渠道，就偷偷沉溺于违禁、违反伦理道德的事情。他们的行为与南方传统道德相背离，但表面上，又不得不冠冕堂皇，终究导致了家族的破产。是祖先对待欲望的态度把布兰奇推向窘境。

作为一个旧南方典型的大家闺秀，布兰奇美丽温柔，仪态万方，是众人心目中的女皇。古老美丽又宁静的美梦庄园是她应该生活的地方，高贵优雅又富有的绅士应该是她理想的丈夫。于是，布兰奇把丈夫艾伦看成是自己最美好的梦想。然而，当呈现在她面前的完美绅士却是为大多数人所不能接受的同性恋时，布兰奇崩溃了。这一梦想的破灭粉碎了布兰奇的一切美梦，也粉碎了她对人生的一切希望。

接着是她的亲人的去世以及庄园的逝去，布兰奇独自一人经历了这一切，没有人给予她安慰或替她分担。布兰奇无法忍受这种孤寂和悲伤，她渴望得到别人的关怀和保护。可是，她却把投入一个又一个男人的怀抱当成是庇护自己、填补内心空虚的唯一途径。男人们根本不在乎布兰奇的精神和心灵，仅仅把她当成泄欲的工具。最终她声名狼藉被赶出本地。无家可归的她只好到新奥尔良投靠她的妹妹斯黛拉。期冀米奇会是她的骑士。可是，她肮脏的过去破坏了她精心设计的一切。布兰奇既无法面对冷漠的人群，也得不到一点关怀和保护。对布兰奇而言，幻想是她抵御残酷现实的唯一武器。尽管幻想注定是要破灭的，可布兰奇仍旧紧紧抓住："我不要现实。我要魔幻！是的，魔幻！我努力将魔幻给予人们。我歪曲事实，我没有告诉他们真实，但我告诉他们的是应当如此的'真实'。"这虚幻的世界像麻醉剂一样使布兰奇获得了片刻的平静，为她提供了一个精神上的避难所。

总而言之，威廉斯向我们提供了南方历史进程中许多南方淑女最终沦为牺牲品的一个缩影。同时，他也通过戏剧展示了布兰奇周围的不合理的社会伦理关系。

三、从《欲望号街车》看威廉斯的伦理关怀

《欲望号街车》向人们展示的是一个充满矛盾与冲突，令人困惑的世界，而活在这个世界上的现代人，尤其是生活在社会最底层的普通

人，被世上僵化的传统道德观念束缚得无所适从，他们极力挣扎，结果却总是逃脱不了痛苦的折磨。

威廉斯自己认为《欲望号街车》几乎表达了所有他所想要说的。此剧描写美国南方"美梦"庄园的大家闺秀布兰奇年轻时爱情受挫，庄园破产，亲人相继去世的人生经历。内疚、孤独使她与各种陌生男人幽会，甚至与她所教中学的一个未成年的学生有染，终于声名狼藉，被迫流落到新奥尔良的妹妹家。在那里，她结识了妹夫的工友米奇，梦想与米奇结婚开始新生活。而她与妹夫斯坦利之间的冲突却愈演愈烈，最终被斯坦利强奸后送进了疯人院。

剧中主人公布兰奇违背人性意愿遵守传统社会道德标准的结果是悲剧。她出生在美国南方一座祖传的庄园里，受过良好的教育，她是小姑娘的时候，"谁也没有她那样温柔，那样轻信别人的了"。她16岁时，嫁给了会写诗的小伙子艾伦。可有一天她发现艾伦和一个"年龄稍大点的男人，他多年的老朋友"在床上。同性恋在当时的社会道德标准中是不能被接受的，布兰奇先是"假装没事一样"，但那内化了的社会道德标准却折磨着她，驱使她在舞厅里对艾伦喊出："我看见了！我知道了！你让我恶心……"结果是艾伦羞愧自杀，布兰奇从此失去了丈夫，乃至失去了爱人与被爱的权利。布兰奇自责当众揭发了艾伦，认为是她杀了艾伦，一直内疚不已。她内心是爱艾伦的，但当发现艾伦为同性恋后，她所受的道德教育却不容许她接受这个事实，而迫使她鄙视艾伦，厌恶艾伦，所以真正的凶手是残酷的、僵化的传统道德观，布兰奇只是充当了一个传统道德准则的代表，惩罚了艾伦的"罪行"。布兰奇体验了惩罚者和被惩罚者双重的悲剧。她顺从传统道德，害了自己所爱的人，"凶手"的内疚感使她自责、孤单、害怕，于是她"和许多陌生人有了亲密关系"。"艾伦死了之后，我好像只有和陌生人幽会才能弥补我内心的空虚……我想我是出于害怕，恐惧驱使我不断换人，寻求保护——这儿，那儿——都是不可能的——甚至最后竟找到一个十七岁的男孩那里，于是——有人给校长写信——这女人道德败坏，不适合当老师！"布兰奇希求和陌生人幽会填补心灵的空虚，想从陌生人那里寻求保护，这都是不切实际的幻觉，当然是没有可能实现的。

她被动地、不自觉地做出违反社会道德准则的事，成了一个违背社会道德标准的人。她失去了以往的信仰，缺少爱与关心，因此又失去了工作，失去了生活来源。她一无所有，最后被亲人抛弃，进了疯人院。

布兰奇的悲剧表明她受到了惩罚，社会惩罚了罪人，"它所培养的罪人"。

艾伦同布兰奇一样，也具有内化了的社会道德观，如果说他的行为违背了传统的道德准则，他也并非有意。艾伦自身的需求不是传统意义上的婚姻，他的人性的需求是一个同性伴侣，但他为了向社会道德准则看齐，只好与布兰奇结婚，完成了世俗婚礼。他的悲剧是，他发现遵从社会道德准则也不能救他，像布兰奇说的："他来找我帮忙"，"正像他陷进流沙里，拼命抓住了我——可我没有把他拉出来反而和他一起陷下去了！"当时的南方人以社区和家庭为依附，视其为安全和温馨的保障。他们笃信宗教，坚信在填满了现世的沟壑之后必得解脱。可艾伦和布兰奇组成的这个家庭并未能救他，艾伦本就充满了罪恶感，不断谴责其自身的堕落，他寄希望于屈就传统道德标准能使他解脱，但他的背叛行为终不能被社会容忍，对他来说，逃离痛苦的深渊只有一个办法：自杀。

米奇迎合传统道德标准的结果也并未给他带来幸福。他孝敬母亲，是个好儿子，一心想尽快为母亲找到儿媳，了却母亲的心愿。但当他得知布兰奇"不光彩"的过去后，他拒绝了她，因为她"不够干净，不能领回家和母亲住在一起"。米奇是需要布兰奇的，他原来是愿意娶布兰奇的，他本可以有妻子，有个真正属于自己的家，但为了迎合僵化的传统道德标准，他违背自己的心愿，不能娶一个"不干净"的女人。他的母亲"活不长了，也许只能活几个月"。他拒绝了布兰奇，那么在他母亲死后，他将孤独地面对生活并将永远内疚，因为他间接地导致了布兰奇的精神错乱。

《欲望号街车》就是这样，它揭露了僵化的传统道德观是如何扼杀了一个个善良的人的血淋淋的社会事实，因为其僵化，所以使得人们进退两难，无所适从，结果只能是悲剧性的。

传统的道德观念是邪恶的、不人道的，而它那绚丽的道德外衣却又迷惑了相当多的一般民众，使人们自觉地接受并按照它约束自己和他人的行为。这种观念深入人心，成了人们自觉地评判一切行为的标准，是一把杀人不见血的软刀子，把一切敢于违背传统道德的人们无情地扼杀。传统道德观念的力量是巨大的，也是可怕的。它迫使善良的人们走上绝路而无须负任何法律和道义上的责任。人们一旦接受这种违反人性的道德观，就会不自觉地成为传统道德的维护者，而对于那些违反传统道德观的人举起邪恶的屠刀，并且没有丝毫良心上的不安。

僵化的违反人性的道德观只能给人类带来痛苦。剧作家威廉斯自己就是一个同性恋者。美国小说家兼剧作家戈尔·维达尔（Gore Vidal）在1976年2月5日的《纽约书评》中写道："在40年代的美国，各地反对同性恋的人们异常活跃……对真正的同性恋者或同性恋嫌疑者的猛烈抨击从来没有停止过……从1945年到1961年，《时代》周刊对威廉斯上演或出版的任何作品都给予猛烈的抨击。散发着恶臭气的沼泽地这一提法常用来描绘他的作品。"可以想象田纳西·威廉斯精神上受到多大的压力，他在相当长的时间里很沮丧，《欲望号街车》里有同性恋倾向的艾伦选择自杀的结局是无奈的，也是必然的。威廉斯以其个人的经历和体验说明"违反社会道德标准必然要付出代价"，必然会受到社会的惩罚。

《欲望号街车》中遵守或摈弃传统社会道德标准的两难处境也是威廉斯自身矛盾的反映。威廉斯在《我的一些情况》中说他"从父母那里得到了一种清教徒与骑士精神的令人不安的结合"，"这也许能够解释我笔下的人物身上经常表现出的矛盾的冲动"。这一自白同样也有助于解释威廉斯本人对道德观的复杂心理。他曾如此评说自己："我并不愿做个顺应时世者，我宁愿自己为渴求更好，甚至不可得的事物的欲望所折磨，也不愿满足于现存的事物。"

《欲望号街车》是一部极其客观的剧作。威廉斯客观地将真实的、矛盾的世界再现于我们的面前，使我们认清了现代人在这个信奉僵化的传统道德价值观的社会里，进退两难、无所适从。但他又超越了纯粹的客观揭露，在此剧的最后，布兰奇说她会"因为吃了一颗没洗过的葡萄死在海上"，暗示她违背道德说教做了"不干净"的事，但她的"灵魂"却可被"送归天国"，说明威廉斯同时又认同传统道德，"大教堂的钟——它们是本区唯一干净的东西"。亚当和夏娃偷吃禁果犯下原罪，上帝并未因此对他们处以死刑，那么普通人违背传统社会道德准则遵从真实人性的做法也理应被社会认可，为社会所接受。威廉斯不是要人们完全抛弃道德，也没有说人们的行为可以不受道德标准的约束，他在《欲望号街车》中对人们在僵化的传统道德准则下的无所适从的揭露，旨在表明他对新的社会道德标准的渴求与呼吁，即社会需要灵活的符合人性的道德观。

　　有人认为威廉斯的剧作没有深度。美国南方作家杜鲁门·卡波蒂（Truman Capote）说威廉斯的戏剧"全是感情，毫无思想"。美国著名戏剧理论家约翰·盖斯纳（John Geithner）认为威廉斯"不具有米勒的社会责任感"，"在他的作品中匮乏特别的社会激情"。说威廉斯的作品富有"感情"色彩无疑是正确的，但不能说"毫无思想"。《欲望号街车》发表于第二次世界大战后的1947年。那个时期的美国文学以反映社会现实、客观地描述现实生活为宗旨。经历了二次大战的灾难，人性中的邪恶与善良都毫无掩饰地暴露在光天化日之下。战争的残酷使人们看清了邪恶是怎样借着崇高的理由肆无忌惮地戕害人类。威廉斯看到了僵化的传统道德的邪恶一面，它是以其道貌岸然的姿态使善良的人们遭受痛苦。他要通过剧本让人们感受到僵化的旧道德的力量之巨大，"违反社会道德标准必然要付出代价"，因而改变旧道德在人们心目中的神圣地位，提醒人们创建符合人性的新道德才是当前社会的急需。

　　威廉斯和美国的大多数作家一样，如实描写社会的邪恶黑暗，希望在废墟上建立一个新社会。对他们来说，过去、传统和旧的生活方式与现代主义具有相等的吸引力。威廉斯在《欲望号街车》中大胆揭示出美国社会信奉的是残酷的、僵化的传统道德观，使我们看到生活在社会最底层的小人物们在传统社会道德标准的规范里承受的精神上的痛苦。他从个体的角度对社会问题进行着真切的关注与严肃的思考。他的主人公们普遍地具有悲剧性，而这种悲剧正是社会造成的。

威廉斯在剧中描述了违背人性的、令人无所适从的、僵化的道德观并旗帜鲜明地表达了他的态度，即社会需要以人性为核心的、灵活的道德标准，唯有符合人性，在人类社会里才有价值。《欲望号街车》中的布兰奇和艾伦，其某些行为虽然不完全符合传统道德标准，但因符合人性，便获得了读者和观众的同情与认可。布兰奇曾表示："有的事情是无法原谅的，故意的残忍就是不能原谅的。对我来说，这是唯一的绝对不能原谅的事，也是我永远、永远不会犯的罪过。"这一观点在威廉斯后来的剧作《蜥蜴之夜》中也得到体现，汉娜·杰尔克斯有句台词："除非那是残忍和暴力的事，只要合乎人性都不会使我感到恶心。"他似乎为受难的现代人找到了"有限的解决办法"，就是汉娜身上体现出来的同情与爱。对威廉斯来说，"爱是社会赖以存在的基础"。他把这看作人类之间同情谅解的最高境界，这也正是人文主义的代表但丁（Dante Alighlieri）的人文思想：人应当爱人，爱是统治世界的力量。

亚瑟·冈兹（Ganz, Arthur）对威廉斯的道德观曾有过评价："在他的创作中，在他为那些思想行为与众不同的人物所做的永恒的辩护中，田纳西·威廉斯表现出了更高的道德观。"[①]可以说，威廉斯的剧作是为了宣扬一种人道主义精神。他强调"人们之间应当相互理解，道德规范应当具有足够的同情心与灵活性，可以容忍差异"。

威廉斯的力量和伟大之处正在于他在这个残酷、矛盾的世界里仍然坚持人文主义。如果说海明威（Ernest Hemingway）的"可以打倒不会打败"的硬汉们喊出的是强有力的人文主义的声音，那么，威廉斯的

---

① Ganz, Arthur. The Desperate Morality of the Plays of Tennessee Williams [J]. American Scholar, 1962 (31): 278-294.

"反英雄"人物发出的则是微弱然而异常坚定的人文主义的呼唤。

道德是一个时代进步的标志。新旧时代的交替往往在新旧道德的论辩中激烈地反映出来。对旧道德的否定往往预示着新社会的萌芽。《欲望号街车》正是产生在新旧时代的交替之时，因而有着不可低估的意义。二战后满目创伤的世界引发了人们对传统道德的反省，对个性自由的张扬与肯定。威廉斯正是通过这个剧本形象地否定了僵化的传统旧道德杀人不见血的罪恶，呼唤理性时代的到来。

四、《热铁皮屋顶上的猫》的文学伦理学解读

《热铁皮屋顶上的猫》（以下简称《热》）是威廉斯的又一部重要作品，是威廉斯戏剧性最强的作品之一。该剧主要人物都充满活力，颇有意趣，能自始至终地抓住观众。"谎言"是这出戏赖以构成的主要因素和所体现的效果深远的主题。这个主题遍及剧中各种关系，涉及剧中每一个主要冲突。该剧语言明确、利落、辛辣有力。

《热》剧内容比较丰富，是一出以争夺遗产为主线的戏剧。剧本以美国南方的一个家庭为背景，围绕争夺遗产的斗争描写了金钱、性、死亡、真理、贪婪等问题，刻画了面对一大笔遗产人们的各种不同的心态与表现。作者对布里克和玛吉这两个性格迥异的人物作了精细的刻画，因此对于他们两人谁是剧本的中心人物，批评家们有着不同的意见。其实，作者着力刻画的是三个人物：布里克、玛吉这对夫妇，以及布里克的父亲"大爹"。威廉斯以对比的形式描写了家庭中各个成员及其相互间的虚伪与欺骗。

《热》剧全剧共分三幕，第一幕基本上是小儿子布里克与他妻子玛吉之间的对话。布里克是个理想主义者，他与他好友之间的友谊被怀疑为同性恋，导致他的好友自杀，也促使他本人对这个谎言世界丧失信心，整日借酒浇愁。玛吉出身贫寒，在金钱万能的世界里拼命挣扎，其处境像只待在"热铁皮屋顶上的猫"。"猫"象征玛吉的贪婪，"热铁

皮屋顶"则象征严酷的现实社会。第二幕主要是"大爹"与儿子布里克之间的对话，靠个人奋斗挣得亿万家产的实用主义的父亲与看破红尘的理想主义的儿子之间的这场爱恨交错的冲突被认为是美国戏剧史上罕见的出色描写。第三幕主要写玛吉为了与兄嫂争夺遗产而撒谎。收场有些草率。《热》剧的人物之间充斥着自欺欺人的谎言。在冷酷的现实中，金钱和性欲、贪婪和虚伪彻底粉碎了联结这一家庭千丝万缕的亲情关系。为了追逐金钱财富，完全置道德与情感而不顾。作者在这里探讨了人与社会层面上的诉求，力求探索一种高尚的道德伦理。

在人与社会层面上，布里克是威廉斯笔下的又一名逃避现实者。正如玛吉所说，他是一个"软弱而优美的人，他那么优雅地放弃应该属于自己的东西"。全剧中只有他一人对继承遗产不感兴趣，而整日沉浸在回忆和内疚之中。他和《玻璃动物园》剧中的劳拉以及《欲望号街车》剧中的布兰奇一样，只是生活在内心世界里的人物。尽管现实世界是一种无可回避的存在，而且他们也极其敏感地意识到它的存在，但是自己赖以生存的环境对他们来说，只是一种压迫，他们所能做到的只是拼命抓住一点东西，或是一个编造的谎言，或是一个梦，以此获得解脱。

大爹在剧中是一个行将死亡的老人，在第一幕中，人物的形象通过语言就已经呼之欲出了。当听到大妈的声音，他会变得不和蔼，甚至是残酷。在第二幕中，房间里充满了音乐，大爹命令立刻关掉，但是一听到大妈的声音，他又改变主意了。此处，大爹暗示了对婚姻生活的态度，在和儿子的谈话中，他坦承"我和大妈在五年前就已经分居了，那时我六十岁，她五十八岁，我从来没有爱过她，从来没有！"他的婚姻生活不幸福并且几乎是持续，尽管妻子对他无微不至，他依然认为妻子在撒谎，因为他自己生活在谎言中。从这一点上说，他为儿子树立了一个婚姻生活的坏榜样，那就是夫妻之间谎言的存在。婚姻的不幸加深了他对财富的欲望。他富可敌国，他已经习惯了在谎言中生活，妻子对他的忠诚在他看来无非是夺取庄园的计划，从而显示了他的物质主义。他向妻子撒谎，向儿子撒谎，甚至向自己撒谎，他不但物质主义，而且是一个最大的谎言者。他和布里克从来没有"谈话"过，因为他们彼此都在撒谎。当大爹竭力帮助布里克面对现实时，他意识到了谎言的代价就是一生的幸福，所以他希望布里克不要重蹈覆辙。此处，大爹有点自我矛盾，或许将要来临的死亡让他意识到了什么。但当他得知癌症的真相时，他失去了控制。他不能容忍自己将要离开自己的庄园，不能容忍家人对自己病情的隐瞒，他不能面对死亡，所以在第二幕末尾，他喊道："天哪！那些骗子，全都是骗子。谎言！骗子！"布里克曾经说过，"谎言是我们的生活，但是酒是远离谎言的一种方法，死亡是另外一种"。大爹的死亡使其远离了谎言，而布里克选择酒精来对抗现实中的谎言。大爹的生活充满了谎言和物质主义，因此，他对儿子布里克的生活予以理解，理解儿子对于生活的厌恶。

另一方面，大爹是美国没落南方的代表。他不满变化的社会现实冲击了他们的社会地位，因为越来越多的人就像他的儿子库柏一样通过别的渠道爬到了社会的高级阶层，所以他反复强调自己的财富，以此稳固自己在家中的地位、权威性以获得精神上的平衡。在第二幕，大爹要求儿子布里克说出酗酒的原因遭到拒绝后，他大怒，"我让你怎么做，你就怎么做，我是这儿的老板！"显而易见，大爹在炫耀他的权威。

总而言之，大爹是一个复杂的人物，他几乎不相信任何人，他形象高大，但是内心脆弱空虚，而且将要死亡，他物质富裕，但是精神贫穷，他能买到一切，但是买不来生命，他是那个时代的畸形儿。

玛吉——猫是剧中另外一个重要的角色。剧本开始，玛吉就被丈夫称为"热铁皮屋顶上的猫"。她不满足于现实的生活，就像是一个精明的孩子一样处心积虑、不惜一切要得到自己想要的。看到布里克的冷淡和漠然，她竭力表现出活力四射的样子，尽力和丈夫沟通交流，尽管丈夫一如既往、不理不睬。她宣言，"我一定要胜利。一只热铁皮屋顶上的猫胜利会怎样呢？我希望知道"。对于丈夫拒绝履行丈夫的义务时，她发觉丈夫的问题已经非常严重了，所以她要用自己的美丽作为武器来赢回丈夫。当所有的努力都付之东流时，她搬出斯基普——丈夫已故的好友的家。当看到丈夫的过激反应时，玛吉意识到了丈夫酗酒放纵的原因。她向丈夫坦白自己对斯基普所做的事情，她曾经要求斯基普和她做爱来证明斯基普是异性恋，当斯基普无法做到时，他认为自己是同性恋，因而间接地导致了斯基普的死亡。当然从某种程度上来说，玛吉最终赢回了丈夫。但是物极必反，玛吉这样做的结果是，她不但毁了斯基普和丈夫，也包括她自己。丈夫拒绝与她进行夫妻生活，直接导致她不可能生育，并因此间接威胁她的将来和可能得到财产的机会。玛吉得不到丈夫布里克的回应，布里克坚持认为他自己可以解决问题，不需要依赖别人，即使是妻子。看着所有的计划都无法奏效，玛吉开始做一个宏伟的计划，她想方设法地要继承庄园，因为她不想像以前那么贫穷。在第一幕中，玛吉宣称，"你可以在年轻时没有钱，但是，年老时一定要有钱。你年老时必须有钱，因为到时没有钱是很惨的。你必须要么年轻，要么有钱，这是事实，是真相。"玛吉不只是有决心，而且是狡猾的，她清楚庄园的主人——大爹需要什么，那就是布里克的孩子。如果能赢回丈夫布里克，她就是唯一一个可以达成大爹心愿的人选。所以她向家人撒谎说怀孕了，不但保证了布里克的继承权，同时也实现了自己拥有财富的渴望，所以从某一点讲，她和布里克哥哥库柏一样，是典型的物质主义，因此淡化了她对丈夫的真爱程度。猫热爱舒服的天性同时伴随着狡猾，它们喜欢和人类在一起，但是不喜欢被束缚，当被惹怒时，就龇牙咧嘴、气势汹汹。玛吉生长在一个贫穷的家庭，潜意识里就有对于财富的渴望，她和布里克的婚姻似乎和金钱有千丝万缕的关系，因为她想尽一切办法要实施自己怀孕的计划以便能继承庄园。虽然她宣称对于丈夫的爱，目的是赢回丈夫以稳固自己在家中的位置，因此，她也是一个矛盾者，要么活得真实而贫穷，要么活在谎言中而富有。显而易见，她选择活在谎言中来保护自己的位置和财富，来获得尊严，她的猫性得到了淋漓尽致的发挥。

　　虽然玛吉与大爹没有多少对话，但他们有一些相似性。至于玛吉和库柏夫妇的关系，玛吉无有子嗣的事实是值得一谈的。由于丈夫拒绝夫妻生活，玛吉没有孩子，此事让她无比苦恼。而库柏夫妇的孩子因此对她恶言相向，她也以牙还牙，称他们为"没有脖子的怪物"。但是她还是有能力稳固自己在家中的位置，她对大妈友好乖巧来获取大妈的支持，同时对库柏夫妇的进攻予以有力还击。当库柏夫妇拿出协议妄图瓜分庄园时，她坚决站在大妈一边给予强烈反对。玛吉确实是一个精神上的强者，她和周围保持协调的氛围，尤其是与自己内心。她不示弱，因为她相信自己，她有进攻性，残忍、狡猾、强大，是现实生活中的强者。

大妈毫无疑问是一个忠诚的妻子，她生活的中心是大爹，即使大爹以取笑大妈而闻名，当被取笑时，大妈的笑声最大以掩饰自己受到的伤害，因此可以说她首先是一个善良的女人。她竭力去理解支持自己的丈夫，即使丈夫对她恶言恶语，大妈竭力压制自己，只是略做回应。大妈体谅和忠于丈夫的形象跃然纸上。她的爱似乎从丈夫那里得不到任何回应，所以，某种程度上大妈内心冲突剧烈，因为她和大爹的幸福生活是虚幻的。但即使是大爹忽视她的感受，她还是站在丈夫一边，阻止儿子库柏夫妇夺取庄园的阴谋得逞。

大妈在这个家庭中可以说是一个合格的妈妈，她爱所有的家人，虽然有点不喜欢库柏夫妇。她渴望丈夫的爱而不是金钱，这一点她和儿子布里克很像，渴望爱但却得到失望。但是大妈似乎没有意识到自己的失望，仍然对生活乐观，而布里克却遍体鳞伤。大妈和玛吉命运相同，他们都遭受着得不到回应的爱，不同的是大妈处理得比较巧妙或者说是大妈更无私，所以大妈能平静地面对现实。大妈在作者威廉斯心中或许是理想的母亲形象，她是作家作品中为数不多的、心灵没有扭曲的人物之一。

《热铁皮屋顶上的猫》是一部家庭伦理剧，同时也是一个时代的缩影，谎言几乎伴随着每个人的生活，玛吉的谎言成就了自己对于金钱的欲望，布里克借助酒精逃离谎言而把生活进行到底，而剧中大爹的死亡把谎言推向了悲剧的顶端。当然谎言与尊严的选择不只是一个时代、一个地域的问题，它是整个人类的主题，西方历史上著名的恺撒大帝之死真相至今迷雾重重，为什么呢？或许是人类的所谓"尊严"在作祟，因为在人们内心深处，这样的英雄人物应该是为了正义而死的，但是历史会还之以本来面目，谎言固然可以维持一段时间，但谎言揭穿后的尊严何在呢？只有真、善、美才能给人类以尊严，是人类永恒追求的目的。

五、从文学伦理学角度分析《蜥蜴之夜》的深刻主题

《蜥蜴之夜》是田纳西·威廉斯创作后期不可多得的一部佳作，荣获当年的纽约戏剧评论家协会奖。该剧在主题创作上较前期作品有很大突破。该剧写得细腻而又富有诗意。剧作家力图以剧中的三对冲突，揭示现代人的精神危机，探讨走出危机的途径。评论界同样对此剧给予高度评价。著名剧评人约翰·麦克莱恩（John McClane）称赞该剧为，当代最伟大的剧作家所创作的最好作品。批评家托马斯·亚德勒（Thomas Adler）也认为，此剧极好地总结了威廉斯的前期作品，更预示了剧作家新的创作动态，这是一部更平静但却更耐人寻味的作品。

《蜥蜴之夜》的主要情节在导游香农、旅馆老板娘玛克辛、房客农诺和孙女汉娜以及一些次要人物之间展开。这些人物间充满各式各样的冲突。冲突历来是构成戏剧情境的基础，更是展现人物性格，反映生活本质，揭示作品主题的重要手段。以往对《蜥蜴之夜》的研究主要集中在对香农的心理及其宗教信仰的研究以及剧本所反映的田纳西·威廉斯的信仰问题的研究上，而对剧中另一位主人公汉娜所做的研究很少，而正是汉娜引导香农避免了精神的崩溃。汉娜代表剧作家发出了人与自我以及人与人层面上的伦理诉求：人与他人相处时，要有责任感，互助互爱，相互关心；人与自我方面，人应该独立、自省、正确认识自我，实现身心和谐。

前来墨西哥海港度假的法伦科夫一家人虽属于次要人物，但威廉斯

却隆重介绍了他们的出场。住在旅馆里的一家德国人法伦科夫夫妻和他们的女儿及女婿突然登场，令人瞠目，梦幻一般，他们列队绕过阳台，然后转下走到丛林小道上。他们的穿着都称得上体面：服色一律粉红和金黄，像是大小不一的爱神，有着鲁宾斯画像里人物的风格，"富有绝妙的形体美"。新娘希尔达两腿叉开跨着一匹高大的充气橡皮马走路，她身后跟着她的像瓦格纳歌剧男高音演员般的沃尔夫冈以及她的父亲法伦科夫先生———一个法兰克福的坦克制造商。

服饰光鲜的他们看上去就像是巴洛克艺术杰出代表画家鲁宾斯笔下的人物。鲁宾斯的绘画风格以豪华、艳丽和炫耀著称。威廉斯这样的比喻暗示了这家人的经济实力，更点明他们正在享受奢侈的物质生活。法伦科夫一家每次出场都底气十足，颐指气使。由此可见，他们对自身所处的地位相当自豪。可在威廉斯笔下，这伙纳粹分子就像地狱里放出来的一群魔鬼，穿着不蔽体的游泳衣，结实健壮的身体上油光水亮，显得很淫荡。从这些话语不难看出剧作家对他们几近放浪形骸的生活的反感。

农诺和孙女汉娜则过着与此截然不同的生活。农诺已经97岁高龄，是尚健在岁数最大的诗人。他双目失明，行动不便，和孙女汉娜相依为命。汉娜出现在小道的顶头，用轮椅推着她的祖父农诺。他是个年迈的老人，虽然到了那样的年龄，却有着一副大嗓门，似乎总在大声喊着某种重要的话语。农诺是个诗人，又是演出的主持人。有些人身上具有一种尊贵的傲矜品质，他就有这种品质，而且就像一面旗帜，走到哪里打到哪里。他的穿着都是单一的颜色———麻纱外衣，像他浓密的诗人头发一样洁白，黑色的细纹带，手里拿着黑色手杖，上有金柄钩。

农诺的穿着打扮和法伦科夫一家相比可算寒酸，威廉斯依然称赞他有一种尊贵的傲矜品质。他们一路走来风尘仆仆，仅靠他朗诵诗歌和汉娜为客人画素描为生。尽管生活艰辛，他们却始终保持乐观的态度，热爱自己的工作，从不认为自己的工作低人一等。

如果说法伦科夫一家和农诺祖孙二人之间体现了物质主义和简单

生活观的冲突，那么汉娜和科斯塔维尔德旅馆的老板娘玛克辛之间则是灵与肉的斗争。玛克辛，身材矮胖，皮肤黝黑，四十开外年纪，殷勤温柔，精力异常充沛，她下身穿牛仔裤，上身着短上装，纽扣只扣了一半。她身后跟着彼得罗，一个二十岁上下的墨西哥人，身材修长，长相动人。彼得罗是旅馆雇员，也是玛克辛的非正式情人。一见到落魄的香农，她心花怒放，即刻迎上前去大声招呼，声音听上去像狗吠似的响得刺耳，咧着一张大嘴，像海豹等待吞食扔给它的鱼一样。

汉娜的形象和玛克辛的完全不同。她，模样奇特，缥缈尔雅，近乎幽灵。她令人想起哥特式教堂中中世纪圣人的形象，但却生气勃勃！她可能三十多岁，也可能四十岁。她具有完整的女性特质，又兼有半男半女的外貌，几乎永恒不变。她穿着一套棉布印花女服，肩上挎着一个皮包。观众看到的是一个穿着朴素却气质超群的女性，她对年老的祖父呵护备至，对生活和自己的工作充满热情！威廉斯也说汉娜代表了他认为最令人信服和最美的形象！汉娜是他塑造的第一位没有沉沦的女性中心人物，保留了纯洁、理智、善良和勇气的所有美德。在这出戏中，威廉斯创造了这两个形象气质截然不同的女性形象，描述了灵与肉的冲突和斗争，玛克辛和汉娜冲突的焦点就是男主角——香农。香农刚出场时，一度精神崩溃，还要再次崩溃，也许要反复崩溃。他告诉玛克辛有个"魔星"缠着他，令他精神痛苦！魔星正是他身上精神和肉体冲突的产物。威廉斯在写给友人的信中将之称为"蓝色恶魔"。香农出身良好，家教严格。成年后曾经担任基督教圣公会的牧师，但因为品行不端被免除职务。免职之后，他依旧到处拈花惹草！可纵欲的结果却是他越来越经常地受到魔星的光顾，精神极度痛苦已经处在崩溃的边缘。汉娜，灵的代表的适时出现也让他重新看到了走出精神困境的希望。一见到汉娜，他立刻突然镇静下来并亲切地称呼汉娜为"护卫天使"，称赞她是一个真正的、伟大的高等女士。

和玛克辛以欲治欲的方式不同，汉娜为香农指出了一条另外的道路——走出自己"与世隔绝的斗室"，和他人保持接触和沟通，对他们表示同情与关怀，进而重新发现自己内心的美德。住在科斯塔维尔德旅馆独立小单间里的人相互之间缺乏情感交流，封闭的房间暗喻了人们封锁的心门。威廉斯曾将这出剧作形容为"被禁闭独自忍受生活艰辛的囚徒的呐喊"，表明了他对人类之间情感僵化缺乏沟通的忧虑。他同时也深刻认识到，只有和我们信任和仰慕的人开诚布公，心灵的负荷才能解脱。香农需要的正是一个能够理解并倾听他内心苦楚的人。汉娜一针见血地指出香农最大的问题就是丧失了信仰，而重新获得信仰的方法就是打破隔绝人们的大门，使人们可以互相了解，即使只有一个晚上的时间也好。有感于汉娜的帮助，香农主动向她坦诚了自己肮脏的历史，汉娜用自己的亲身经历告诉香农世间一切皆有黑暗的一面，她自己也曾饱尝蓝色恶魔的折磨。在她看来，艺术不仅是她的工作，更是治愈精神创伤的良药。香农一直随身携带担任神职时所使用的十字架，汉娜以此为证说服香农发现自己内心深处的信仰，鼓励他在信仰的感召下去帮助别人、热爱周围的人和事物、受到鼓舞的香农决定写信给主教忏悔并恳求恢复教职！在剧作即将拉上帷幕时，他还放生了被缚住的蜥蜴，让这个上帝的生灵可以安全自由地爬回家去。观众看到的是一个全新的香农，不再绝望悲观，准备以积极的心态面对今后的生活。

在田纳西·威廉斯的所有作品中，《蜥蜴之夜》也许是最好的一部，因为它赞扬了人类的忍耐力和尊严，也因为它塑造威廉斯所有作品中众多女主角中最复杂和最富有魅力的女性——汉娜。该作品反映了剧作家对人类应该过什么样的生活和怎样生活的思考和期盼，面对生存的所有难题和不可避免的死亡，人们要乐观而积极地生活，互相帮助，互相理解和宽容，真诚沟通。纵观田纳西·威廉斯一生因为他公开的同性恋身份，与不同男性的绯闻，不断的酗酒以及孤僻的性格，很多时候都不被人们理解，其作品也不断受到评论界和观众的质疑。尽管如此，剧作家还是通过这部作品表达了对人性的乐观，坚信人类可以互相宽容和理解。

六、试论《玫瑰黥纹》的伦理思想

　　田纳西·威廉斯（1911—1983），美国现代著名戏剧家，代表作品有《玻璃动物园》《欲望号街车》和《热铁皮屋顶上的猫》。《玫瑰黥纹》于1950年12月29日在厄兰格剧院首演，被称为他献给世界的爱情剧。《玻璃动物园》《欲望号街车》和《夏与烟》源于威廉斯强烈迸发出的个人情感，《玫瑰黥纹》则以一条更富喜剧化的脉络来写，他不再那么依靠他那掩饰起来的个人经历。但是，威廉斯好像是为了补偿自传成分的减少，使用了很多暗示。他的同性恋人弗兰克曾做过卡车司机，《玫瑰黥纹》中女主角塞若芬娜逝去的丈夫罗萨里奥和后来遇到的情人奥沃若都是卡车司机；奥沃若的姓在意大利语里是吃掉一匹马的意思，而弗兰克的绰号就叫小马。

　　《玫瑰黥纹》因女主角逝去的丈夫和后来遇到的情人胸前的玫瑰纹身而得名，讲述了一位生活在美国的意大利裔女人塞若芬娜对爱情的执着与追求。本剧开始时，美丽的塞若芬娜头戴玫瑰花，身穿玫瑰色衣服，手拿画有玫瑰花的扇子坐在客厅的沙发上等丈夫，餐桌上已摆好晚饭、美酒和玫瑰花。塞若芬娜非常爱她的丈夫罗萨里奥，并且一直认为她的婚姻是幸福美满的。但当她等来的却是丈夫的死讯时，一切美好的憧憬都破灭了。丈夫死后，她彻底放纵自己，以前一个十分爱美的女人，变得十分邋遢，衣不蔽体。她违背教会的规定，将丈夫火化后的骨灰装进瓮里，放在家中。当她得知丈夫事实上一直与另一个女人私会，并不如她想象得那么完美时，愤而摔碎了丈夫的骨灰瓮。走出过去的阴影，塞若芬娜勇敢地接受了另一位男人奥沃若的爱，并成全了女儿罗莎的爱情。

　　塞若芬娜对丈夫的爱，到了盲目崇拜的地步。她一直认为丈夫罗萨里奥是个贵族，事实上他只是一名卡车司机，因走私毒品而毙命。她自豪地对奥沃若说，她丈夫的家族很高贵，她只是一个农民，却嫁给了一位男爵。而她的邻居曾反驳她说，在西西里只要拥有一块土地并且让羊有独立的地方住，就算是男爵。塞若芬娜陶醉在爱情之中，忘记了时间的流逝。她说碗橱上的时钟是谎言，是傻瓜。她心里的时钟不是滴答作响，它喊着"爱，爱"。

获悉丈夫死讯，塞若芬娜想将其骨灰存于家中，迪莱奥神父说这会让上帝憎恨的，这是异教徒的邪神崇拜。对于她这种极端行为，也许读者可以从给塞若芬娜看病的医生的话中得到一种较好的解释："迪莱奥神父，你爱世人，却不理解他们。爱侣从彼此身上找到上帝。当他们失去彼此时，他们就失去了上帝，他们迷失了。" 丈夫死后，塞若芬娜没穿过衣服，三年中，一直坐在缝纫机旁没出过门，守着一瓮骨灰度日，对着骨灰说话，就像丈夫生前那样。她自以为丈夫很忠诚，而事实上很多人早已知道罗萨里奥和一个叫埃斯特尔的女人的私情已维持一年多了。塞若芬娜在丈夫死后三年多才无意中听到这个消息，她发疯似的拿着笤帚追打着谈论她丈夫私情的女人。她不相信丈夫的背叛，反而怒斥外人是魔鬼，是骗子。当她想起丈夫的情人埃斯特尔曾让她做一件玫瑰色的男衬衣时，她对丈夫的信任也开始动摇了。罗萨里奥生前曾向迪莱奥神父忏悔过他的不忠，因而塞若芬娜想从神父那里得到证实，但被神父以不能违背教规为由拒绝了。塞若芬娜说："神父，你告诉我，请告诉我！否则我会疯掉！如果你不告诉我，我就回屋摔碎骨灰瓮。"可见，塞若芬娜这个没受过良好教育的女人，虽然有时迷信愚昧，但是很率真，追求纯粹的爱情，敢爱敢恨，也很果决，这些是她可爱的一面。鲜明的个性描写使读者觉得这个女性形象真实可信，较为丰满。

塞若芬娜体现了压制爱和追求爱的矛盾冲突。很多评论家认为她体现了威廉斯本人的道德观。艾德勒（Mortimer Jerome Adler）给了《玫瑰黥纹》最善意的解读。他将塞若芬娜置于高尚的道德光环之下；他指出塞若芬娜以牺牲社会规范为代价去滋养爱，她的奖赏就是能再次得到爱情并怀上孩子。海曼（Hyman）对塞若芬娜的看法较为复杂。他将塞若芬娜的主要行为看成"性觉醒"，正如其他威廉斯塑造的试图忘记自己性欲的人物一样，塞若芬娜也不得不经历惩罚和转变。这种惩罚就表现为塞若芬娜在丈夫死后感情上的空白。提弛勒（J.W. Tichler）认为塞若芬娜是一个塑造得较为丰满的人物，尽管她有一些悲剧成分，总的来说还是一个乐观的、喜剧性的人物。西格尼·方克（Signy Fink）提出了非常与众不同的、道德层面上的评价。她将塞若芬娜归类为"南方荡妇"，威廉斯塑造的几位女性形象都包括在内，如：塞若芬娜的女儿罗莎，《热铁皮屋顶上的猫》里的玛吉。需要指出的是，此处提到的"南方荡妇"应该不是贬义，而是对这些女性的反叛精神和女性意识的觉醒的一种肯定。提弛勒概括了社会对威廉斯笔下的几位人物的评价："接受社会强加给人的角色，就意味着灭亡。"塞若芬娜能够挑战世俗的偏见，打碎精神枷锁，大胆追求爱情，为自己找到一条生路，是一位勇气可嘉的女性。每个人都有享受爱的权利，爱是世界的心脏。

《玫瑰黥纹》于 1951 年 2 月 3 日在百老汇上演，当时威廉斯并未被看作是一位喜剧作家。恰恰相反，他的两部成功剧作——《玻璃动物园》和《欲望号街车》使评论家将其视为描写厄运缠身的年轻女性的剧作家。因其在《玫瑰黥纹》中的喜剧性尝试，威廉斯很快受到了批评。虽然不满的评论家讽刺威廉斯剧作中不高明地使用俏皮话、丑角等舞台技巧，他仍不失为一位精明的剧作家。他十分清楚欢笑和眼泪一样，都有人买账。尽管这个故事是喜剧的，它也有悲剧成分——塞若芬娜感情的失控，她的偶像的死和理想的破灭。但是威廉斯认为以西西里人的性格能够再次找到幸福。塞若芬娜身上的爱就充满了活力，是不会湮没和堕落的。这种人在灾难过后，有能力再去爱，找到幸福，开花结果。梦想的破灭对于塞若芬娜的伤害不会像《欲望号街车》里的布兰奇那样，因为塞若芬娜是由更具回弹力的物质构成的，能够从灾难中恢复，她知道如何满足生活的欲望。

此剧开始时只有塞若芬娜一个人蒙在鼓里，笃信她的所谓的完美爱情，并沉浸在痛失丈夫的悲伤之中。她放纵自我，不顾及个人形象；她拒绝和任何女人来往，拒绝朋友是因为怕听到别人"诋毁"她的丈夫。

这些表现都使读者感觉她很可悲，如果说在此剧的第一幕塞若芬娜是一朵悲情玫瑰的话，那么在第二幕随着奥沃若的出场，她身上的悲剧色彩已开始渐渐转变为喜剧，直到最后一幕她与奥沃若甜蜜结合，她已变成一朵喜悦玫瑰了。

七、《去夏突至》的文学伦理学解读

田纳西·威廉斯是20世纪最重要的剧作家之一，他的作品关注边缘人物的命运，透露出对边缘人物的人文关怀。《去夏突至》这部作品写于1958年，涵盖主题包括食人仪式、同性恋、宗教等，是一部美国剧作史上少见的有着阴森恐怖、怪异惊悚情节的剧作。这部作品主要讲述一位贵妇人维奥莱特·文柏夫人想要通过一名医生对自己的侄女凯瑟琳做超前性的前脑叶白质切除手术，目的是为了抹掉自己儿子悲惨死去的真相的故事。

《去夏突至》的中心人物是未出场的塞巴斯蒂安，剧中的情节是他游历加拉帕戈斯群岛、亚洲、欧洲到最后被人生食的历程，但这一过程是以他母亲维奥莱特·文柏夫人和表妹凯瑟琳·霍莉的叙述展现出来的。塞巴斯蒂安是个具有献身精神的诗人和喜欢幻想的圣徒。塞巴斯蒂安每年都要外出游历搜集素材，回来后就潜心写诗，然后把诗歌汇编起来，并用手抄体印成《夏诗集》。他的周围总是簇拥着一群充满魅力的年轻信徒，这些信徒聆听塞巴斯蒂安的诗会就像参加庄严肃穆的圣礼一样。"从露台上拿起镀有金边诗集厚卷，就像在圣坛上举起了能滋润灵魂的圣餐。"

塞巴斯蒂安曾相邀母亲去加拉帕戈斯岛游历，一起观看了群鸟捕食海龟的一幕。文柏夫人在叙述中曾说，他们之所以去加拉帕戈斯群岛，是因为塞巴斯蒂安读了麦尔维尔的旅行札记《迷幻和迷幻海峡》。确实，麦尔维尔在1854年游历了加拉帕戈斯群岛，并写下了《迷幻和迷幻海峡》一书。

威廉斯再现了生物圈可怖凶残的竞争画面，秃鹰对海龟的野性凶残，以及弥漫在空中"野蛮、饥饿、刺耳的群鸟的尖叫声"，使得秃鹰、海龟和浸满鲜血的沙滩构成了古老生命运转的图腾。主人公塞巴斯蒂安没有从中看到隐藏在混乱之下的和谐，而是看到了无助的生命在面对野蛮时的消逝。匍匐在浸满鲜血的沙滩上的海龟，犹如《旧约》中所说的人在旷野上面对呼啸凌厉的上帝的灵。"在纵帆船上看了一整天迷魂岛上上演的事，直到天黑得无法看清为止，然后回来他说现在我看见它了，他的意思是上帝。"在大自然的献祭面前，塞巴斯蒂安获得了对野性的恐惧和敬畏。由此可知，在本剧中，人与自然的关系是不和谐的。

进一步而言，通过把海龟被群鸟捕食这一场景神秘化，威廉斯表达了他对理性力量的怀疑，并且暗示只有经历一场暴风骤雨式的灵魂洗礼，使神秘返回人类的心灵深处，处于绝境中人类或许才能被疗救。如果说文柏夫人的叙述展现的是世界恶魔性本质的话，那么凯瑟琳的话语释放的则是更加恐怖阴暗的梦魇：人类世界同样受神秘力量掌控，其结果或许比自然世界来得更为惨烈。

作为唯一目睹塞巴斯蒂安被人撕碎生食的证人，凯瑟琳在接受主治医师库克罗伍兹博士的询问时泄露了塞巴斯蒂安阴暗的天性，即长期跟母亲的生活所导致的变态性格。与此同时，塞巴斯蒂安又在欲望和圣洁之间徘徊挣扎、激烈斗争。自从在海岛上目睹了海龟被群鸟捕猎之后，他就产生了把自我献祭给这个残酷的命运以净化污浊灵魂的想法，"去完成！一种！——形象！——他把自己当作一种牺牲——去给这可怕、残忍的上帝"。最终，他被饥饿的孩子撕碎生食了。

剧中塞巴斯蒂安是一个生命力衰弱、缺乏男子气概的形象。他穿着"没有污点的白色的山东绸衣服，戴着白色的丝绸领带和白色的硬草帽和白色的鞋子，白色的——白色的蜥蜴皮的——浅口鞋。他始终都在用白色的丝绸手帕来回地擦脸和喉咙，嘴里还嗑着些小的白色的药片"。尽管白色在西方文化中代表了柔弱、温顺，是人格完美的体现，但在尼采主义者看来，白色则是苍白柔弱、不堪一击的象征。安托南·阿尔托（Antonin Artaud）曾说："白热的烙铁，一切过分的东西都是白的，白色成了腐烂败坏的标志。"造成"去势"的塞巴斯蒂安衰弱和苍白的原因是他一直在精神上受到强大母亲的压抑。所以塞巴斯蒂安宁愿通过自我献祭，把自己毁灭，清除了自己人性中被母亲污染异化的部分。这种自我献祭充分体现了威廉斯在人与他人和人与自我"求圣"的伦理诉求：人要有责任感，互助互爱，相互关心；人应该独立、自省、正确认识自我，实现身心和谐，而不能自暴自弃。

文学来源于生活，但高于生活，一部好的文学作品是能够跨越时间和空间，更能够跨越民族和国界的。《去夏突至》就是这样一部成功的剧作，故事中人物感情的冲突，人物的内心世界，人性的悲剧具有极大的普遍性！威廉斯通过描写这些人物的内心冲突和欲望的挣扎，来揭示当代美国社会的病态给人们伦理道德带来的破坏，这也体现了他的伦理关怀！聂珍钊教授认为：在具体的文学作品中，伦理的核心内容是人与人、人与社会、人与自我以及人与自然之间形成的被接受和认可的伦理秩序，以及在这种秩序的基础上形成的道德观念和维护这种秩序的各种规范！文学的任务就是描写这种伦理秩序的变化及其变化所引发的道德问题和导致的结果，为人类的文明进步提供经验和教诲！这也正是本文的真正意义所在！

第五章 威廉斯剧作的总体评价

20世纪初，美国剧作家尤金·奥尼尔将自然主义和表现主义相结合，写出了大量的悲剧作品，表达了剧作家对现代社会乃至人生的看法，成为美国第一位获得诺贝尔文学奖的戏剧家，在世界剧坛上为美国争得了一席之地。第二次世界大战以后，美国又出现了一批集中反映美国社会矛盾，创作技法上大胆进行实验创新的剧作家，威廉斯便是其中的一位。

威廉是战后美国最著名的剧作家之一，也是战后作家中最多产、以"无情节"的故事打动人心的一位，为当代美国的戏剧发展做出了卓越的贡献。小时候因为寄住在外祖父家，那里有着浓厚的文化艺术氛围，培养了他诗人般的气质。但是家庭中父母之间在宗教信仰、生活态度和性格不合造成他心思细腻敏感。于是，威廉斯将这种压抑的情感通过艺术创作的形式发泄出来，写了大量的家庭剧。尤其是在其戏剧创作生涯中的前期。因此，威廉斯也被称为美国戏剧史上的一位"家庭剧"艺术大师。

人们往往将田纳西·威廉斯1961年创作的戏剧《蜥蜴之夜》视作这位美国现代剧作家长达几十年戏剧创作生涯的分水岭。此前的主要剧作被评论界视为典型的威廉斯式家庭悲剧，个性鲜明，独树一帜。然而当进入六十年代后，《蜥蜴之夜》成为最后一部得到评论界和观众认可的作品。之后的作品则普遍被认为是威廉斯戏剧创作的下坡路，威廉斯本人也被认为黔驴技穷，后期作品只不过是以不同形式重复摹写他颓废的个人生活和濒临崩溃的精神世界。可是经过深入研究即可发现威廉斯后期作品与前期作品风格各异，具有强烈的黑色喜剧风格。

一、早期创作概述及总体评价

家庭是社会的细胞，其结构形态和生活方式与社会制度、社会变革密切相关。家庭叙事文学中人物的精神追求和生命体验的变化往往映照出社会历史文化的变迁。美国是"家庭剧的大本营"①，美国戏剧家试图通过解构家庭悲剧重新认识社会，找到造成人生悲剧的社会根源。

20世纪美国戏剧的主流是以家庭生活为中心的现实主义。这也是美国戏剧的一种特色、一种传统、一种主导性的创作原则②。事实上，大多数美国知名剧作家的重要代表作都涉及"家庭"，属于"家庭家族剧"。例如"美国现代戏剧之父"尤金·奥尼尔成就最高的作品是家庭悲剧《天边外》（1920）、《榆树下的欲望》（1924）和《进入黑夜的漫长旅程》（写于1941年，发表于1956年）等。众所周知，社会问题剧作家阿瑟·米勒的《推销员之死》（1949）堪称家庭悲剧的典范，《全是我的儿子》（1947）仍旧以父子关系为关注点，是有较大影响的家庭伦理剧。"21世纪美国第一部伟大剧作"特雷西·莱茨（Tracy Letts）的《八月：奥色治郡》（2007）则延续了具有美国特色的家庭悲剧。

田纳西·威廉斯，作为二战后美国最知名的剧作家，他的三部重要作品——《玻璃动物园》《欲望号街车》和《热铁皮屋顶上的猫》等家

---

① 孙惠柱. 现代戏剧的三大体系与面具/脸谱［J］. 戏剧艺术, 2000（04）: 4.
② 陈世雄, 周宁. 20世纪西方戏剧思潮［M］. 北京: 中国戏剧出版社, 2000: 368-369.

庭悲剧将反映战后美国家庭生活为主题的戏剧推向高峰。

《玻璃动物园》讲述的是20世纪30年代关于美国南方一个家庭的不幸遭遇，具有明显的自传性质。汤姆身上体现了威廉斯本人的许多特点：富有诗人的气质，向往自由自在的生活，喜欢冒险，以及对现实采取"逃避"的态度。并且，汤姆和威廉斯同样都是鞋厂工人。汤姆的妈妈阿曼达年轻时就被丈夫抛弃，而威廉斯的家里也是类似的情况：父亲在外推销鞋子长期不回家，一家人聚在一起时，父母之间时常吵架。威廉斯的母亲也是一位非常风雅而已衰老的南方妇女。汤姆的妹妹劳拉是个孤独、自卑、敏感、害羞的姑娘，在她的身上可以找到威廉斯姐姐罗斯的影子。后来在母亲的专横下，医院为她做了脑部手术，可是却再也没能恢复健康。只好在疗养院度过一生。

阿曼达是威廉斯作品中第一位出现的南方淑女形象。她的所作所为让人感到既爱又恨。十六年前，丈夫逃避家庭责任离她而去，把年幼的汤姆和劳拉丢给她一个人抚养。这个可怜的被遗弃的弱女子为了维持这个家庭，为了子女的幸福过着艰难的生活。她严格要求子女，要求汤姆努力工作，为家分忧。她深深关怀从小病残的女儿劳拉，把女儿的未来寄托在出嫁上。当汤姆步父亲的后尘离开她们时，她一反常态安慰女儿，直至女儿脸上露出笑容。没有一个观众不同情她不幸的命运，不敬佩她的生活态度和作为母亲具有责任心。然而，她也有可笑的一面，也给了观众非常深刻的印象。她出身于第一次世界大战前的南方，不断回想其自己作为南方闺秀一天下午十七位绅士来访的日子。她永远沉浸在对往事的回忆中，不能面对眼前的现实。这就使她对汤姆的好心关照变为反反复复、令人生厌的怀旧唠叨，对劳拉腿疾的事实极力加以回避，不准子女提"残"字；她明知劳拉害羞，唯恐她成了"老姑娘"，却硬把她与吉姆单独凑合在一起"幽会"。可是令人感到诧异的是她向吉姆叙述她自己过去在南方少女时的打扮，卖弄风情的舞姿等等，显得尤为可笑。这个富于幻想的妇女最终还是逃脱不了严酷的现实。

至于女儿劳拉，一场儿时的疾病使她成了残疾，一条腿比另一条腿稍微短一点，绑着支架。由此，她对自己的身体缺陷过于敏感和关注，变得内向和自卑。终于，劳拉中途辍学，整天待在家中摆弄那些玻璃动物，过着与世隔绝的日子。她没有勇气面对现实，一遇到困难就采取逃避的态度，脆弱得犹如她珍藏的那些玻璃动物。为此，母亲阿曼达焦虑不安。在母亲的精心安排下，弟弟汤姆把他的同事吉姆介绍给劳拉。吉姆的到来对于劳拉来说是件好事——他正是劳拉以前一直暗恋的对象。他开朗、热情洋溢的谈话感染了劳拉，使她慢慢地从她自己封闭的虚幻世界里走出来——在柔和的烛光下，劳拉容光焕发，美丽无比。她与吉姆跳舞，并得到了有生以来第一个吻。然而，被打碎的独角兽把吉姆拉回到现实——他已经有了未婚妻，这使劳拉对生活刚刚燃起的希望破灭了——她重新退回到自己的玻璃世界中。如果劳拉敢于正视人生，即使她身体上有残疾，那么她也会是生活的强者。可是，现实的残酷——父爱的缺失，暗恋的人心有所属以及弟弟的离家出走和母亲所灌输的思想都使得劳拉看不到生活的希望，重新堕入她自己的玻璃动物园中去寻找安慰。

汤姆作为故事的叙述者，是唯一一个能够分清现实与幻想的人。随着剧情的发展，一方面，汤姆渴望冒险，而且心怀要逃脱令人窒息的现实生活的压力的愿望；另一方面，他爱自己的母亲和姐姐，不忍离开她们，要对她们负责。痛苦地挣扎在理想与现实之间，汤姆终究还是退缩了，逃离了这个家。

这部剧的剧情简单，弥漫着悲剧色彩。同时，剧作家也善于运用戏剧手段，如屏幕、伤感的音乐和昏暗的灯光也加强了该剧的悲剧气氛。

《欲望号街车》以新奥尔良的一个污秽的、但还有异国情调的地区为背景。讲述了出身南方贵族家庭的布兰奇一生命运坎坷的经历。作为一个旧南方典型的大家闺秀，布兰奇美丽温柔，仪态万方，是众人心目中的女皇。像她这样的贵族女子可以永远依靠如骑士一般潇洒富有的贵族绅士幸福地生活。古老美丽又宁静的美梦庄园是她应该生活的地方，高贵优雅又富有的绅士应该是她理想的丈夫。于是，布兰奇把丈夫艾伦看成是自己最美好的梦想。然而，这一梦想的破灭粉碎了布兰奇的一切美梦，也粉碎了她对人生的一切希望。

接踵而至的是她的亲人的去世以及庄园的逝去，布兰奇独自一人经历了这一切，没有人给予她安慰或替她分担。布兰奇无法忍受这种孤寂和悲伤，她渴望得到别人的关怀和保护。可是，她却把投入一个又一个男人的怀抱当成是庇护自己、填补内心空虚的唯一途径。男人们根本不在乎布兰奇的精神和心灵，仅仅把她当成泄欲的工具。最终她声名狼藉被赶出本地。无家可归的她只好到新奥尔良投靠她的妹妹斯黛拉。布兰奇既无法面对冷漠的人群，也得不到一点关怀和保护，从而，她选择生活在自己的幻想里：她掩饰自己酗酒的恶习；她隐瞒自己的真实年龄，用胭脂与昏暗的灯光掩盖脸上的皱纹；她炫耀她那一大衣柜俗丽、廉价的晚礼服；她经常洗澡来缓解受压迫的神经；她不断地编造谎言来麻醉自己的心灵——她挣扎着要维护自己的体面与高雅，但却又忍不住与自己的"没教养"的妹夫斯坦利调情。遇到米奇后，她告诉自己米奇才是她真正的绅士。为了能与米奇结婚，她重新把自己伪装成一位高雅的弱女子。但她却无法掩盖自己内心真实的欲望：她用米奇听不懂的法语调戏他。在与米奇交往的同时，她竟然送给收电话费的小伙子一个吻。当布兰奇的谎言被揭穿，她只有选择生活在自己的幻想里："我不要现实，我要神奇的梦幻！"但其实她的内心深处却忍受着社会道德的谴责，欲望无以释放，直到最后斯坦利通过强奸，对她的脆弱神经给予致命一击，使她精神错乱，完全陷入幻觉的世界。

正是布兰奇与斯坦利之间的格格不入或者说仇恨，成为这部剧矛盾的中心。冲突的结果就像《玻璃动物园》中，阿曼达的幻想世界在现实面前被击得粉碎。斯坦利无情地揭露了她过去一段不光彩的历史并告诉米奇她在家乡就有"破鞋"之称，并且乘她妹妹住院生小孩之机强奸了她。布兰奇的最后一根救命稻草也没有抓住。她的精神彻底崩溃，被强行送进疯人院，连她妹妹斯黛拉也不能救她。究其根源，家族史、小时的衣食无忧、家族教育使得布兰奇难以在经济上独立、难以直面现实、不得不依赖男人。所以，布兰奇的悲剧从根本上来说属于家庭悲剧。

　　威廉斯的另一部获得普利策戏剧奖的剧作《热铁皮屋顶上的猫》是1955年3月24日在纽约市摩洛斯科剧院首演的，还为他第三次赢得了纽约戏剧评论家协会奖。该剧是他五十年代的一部重要剧作，表现了一个家庭所面临的危机。故事是围绕着争夺遗产问题而逐步展开的。病入膏肓的六十五岁的大爹波利特是密西西比河三角洲地区棉花种植园主中最富有的一个，全家人围在他身旁，表面上看来是为他庆祝六十五岁大寿，实则是明争暗斗地在争夺他的遗产。长子库柏是一个伪君子，为了得到父亲的赞许，他遵循家训成了一名律师，并娶了棉花狂欢节上的皇后，给父亲生育了五个孙子。妻子梅伊又快要生第六个孩子了，他们自认为最有资格得到父亲的遗产。而备受父亲宠爱的小儿子布里克曾是足球明星，酗酒成性，跟好友斯基普之间有同性恋之嫌，却可以不费吹灰之力处于优势。他的妻子玛吉是一只贪婪的"猫"，为达个人目的而不择手段。她家境贫寒，生怕因为自己没有儿女被公公剥夺继承财产的权利，恰像一只站在热铁皮屋顶上的猫整天惴惴不安。大爹指责布里克因为没有对斯基普尽到朋友的责任而导致酗酒的恶习；布里克当即说出老爹患了致命的癌症以图报复。库柏夫妇抢先向母亲透露父亲的真实病情，以换取她的信任和支持。玛吉为了讨得公公的欢心，取得继承权，当众宣称她和布里克将有一个孩子降生。一家人之间尔虞我诈，钩心斗角，都是为了争夺财产，却完全不去顾及父亲的病危和父母的感受。

　　评论界对田纳西·威廉斯的评价历来褒贬不一，但仍无人能撼动他作为战后美国戏剧界里数一数二的重要剧作家的地位。他前期的创作吸引了学术界的关注，多次获奖，受到观众的好评。威廉斯在戏剧生涯中也形成了自己独特的艺术风格，通过对家庭悲剧的刻画，折射出整个美国现代社会的现状和人与人之间的关系。"家庭作为较小范围内的单个人的联合体，是直接的或自然的伦理精神。家庭以爱为基本规定，体现着自然的和谐。""简单地说，爱就是伦理性的统一，爱是感觉和感情的东西，因而是自然形式的伦理。"①由此可见，威廉斯意图通过他的创作来呼吁营造理解、平等、宽容的社会伦理道德环境，用更加宽广的社会道德视野去审视家庭。

二、后期创作概述及总体评价

黑色喜剧，作为一种文化载体，强化了美国南方文化的非主流文化意识；作为一种文化媒介，它又打破了传统的定势的南方人物艺术形象及世界观。可谓是在南方文化中狂欢和奇异的边缘文化因素。

狂欢是巴赫金（Bakhtin）著名"狂欢化诗学"理论的关键词。巴赫金是苏联注明的哲学家和美学家。20世纪60年代，巴赫金的美学思想被介绍到西方。狂欢化理论是巴赫金学说的重要组成部分，虽然学术界把巴赫金的学术活动分为两个不同的时期：早期的文学研究和晚年的文化研究，并把狂欢化理论视为一种文化研究，但是，这个理论最初是他在研究长篇小说话语时提出来的，而且又由于文学和文化的不可割裂的关系。狂欢化理论对于文学创作和批评有着非常重要的意义。巴赫金在研究了欧洲文学史的基础上发现了狂欢文化对诗学的影响，尤其是对文学形式的影响，例如古罗马的讽刺文学、中世纪的滑稽剧和塞万提斯（Cervantes）、莎士比亚以及拉伯雷（Rabelais）笔下的文学人物都是狂欢文学的典型范例②。从这个意义上说，"狂欢"是威廉斯后期黑色喜剧的主要特点。也就是说，威廉斯的黑色喜剧就是狂欢文学的当代范例。他的怪诞喜剧冲击了美国社会的主流文化观，也就是等级森严的社会文化制度。这个统治秩序决定人所属的社会阶层和文化意识。在他后期的戏剧创作中，威廉斯使人成为万物的主人，因此严酷的社会文化的

---

① 靳振勇. 黑色的呐喊：《最蓝的眼睛》的伦理批评分析［J］.郑州航空工业管理学院学报，2008（1）：29-30.

② 朱立元.西方美学通史（第七卷）·"二十世纪美学"（下）［M］.上海：上海文艺出版社，1999：338.

等级观念也受到了挑战。这种狂欢化的和怪异的风格成为威廉斯后期黑色喜剧的主要特点。剧中，地位卑微的小人物取代位高权重的贵族成为戏剧的主人公，普通的日常对话代替高雅考究的的文学语言成为戏剧对白。这样的人物应被称为反英雄。"反英雄"是戏剧作品中的主人公类型之一，他们缺乏传统文学作品中主人公的贵族出身和政治上的领袖地位，普通而平凡，没有英雄主义气概和惊世骇俗的伟大行为。典型人物有《地球王国》中的基肯、《红色恶魔殴打的标记》中的商业街女人和《这是》中的伯爵夫人。而这些反英雄已经逐渐成为现代戏剧的标志性角色。总体而言，威廉斯的黑色喜剧威胁到根深蒂固的文化传统并且唤起人们个体多元文化的自觉意识。

在《地球王国》中，主人公基肯在威廉斯的戏剧人物谱中就不是一个传统的典型的主人公的艺术形象，但他却是剧作家后期创作中所钟爱的一类反英雄，即黑色喜剧中野兽般的粗俗野蛮的男人。与传统意义上的主人公不同，他们不是能担当得起国家使命的英雄，他们的身上充满着暧昧的情欲的气息。在威廉斯所有剧本中，基肯是唯一的一个有色人种主人公。他的父亲是白人，母亲则带有黑人血统，因此基肯四分之一的血液是黑色的。他有野兽般粗野行为和旺盛的性欲，从而使他成为一个"不合时宜的人"和"局外人"，他缺少教化的粗野行为与同时代主流的优雅文化格格不入。但是整个剧本中最具讽刺意义的是基肯在洪水来临之际竟然扮演了救世主的角色，拯救桃金娘，使之幸免于被洪水吞噬。于是，剧本本身就提出了一个极具争议的话题：他究竟是野兽还是救世主？基肯绝非正统的英雄人物形象，他是野蛮的黑人、被主流社会所排斥的局外人、与所有黑人一起反抗白人社会文化统治霸权者。正如克林（Kolin）所重申的，"基肯强悍的性能力最终取胜，这也暗示了颓废帝国与健康的新兴国家在意识形态上的争斗的失败"[1]。

而从剧作《牛奶车不再在此停留》开始，威廉斯的主要剧作表现的

---

① Colin C. Philip. Ed. Tennessee Williams: A Guide to Research and Performance [C]. West Port: Greenwood Press, 1998: 169.

是剧作家不停地却徒劳地努力释放自我压抑的情感，为艺术寻找出路。尽管戏剧本身缺乏整体的布局，但是每一场都经过威廉斯谨慎地构思，没有情节的故事更加让人难忘，主人公并不需要有意或故意地去体验生活的错位，他们只是在自然地表现生活的片段。《两人剧》《龙乡》中的人物身上时隐时现剧作家本人在60年代所经历的悲观绝望的处境，《地球王国》《七仙降临》《呐喊》和《老广场》也都属于艺术家主人公在艺术创作中寻找自我和人生价值的主题模式。威廉斯一再强调，尽管一些艺术家死了，但艺术仍然以其他方式继续着，永无休止。这种在后期凸显出来的寻求自我与早期的创作一脉相承。

在威廉斯的后期戏剧创作生涯中，他终于认识到人类的背叛、婚姻、友谊和其他种种持久的关系会致使艺术家酗酒、吸毒，甚至会导致精神崩溃。相似的创作经历激起了威廉斯强烈的认同感。因此，威廉斯不吝笔墨在他的剧作中表达自己在艺术创作中迷失的感觉和痛苦，但也在其中看到了希望。正如《两人剧》中所表述，同是演员的兄妹二人被其他演员抛弃，但他们决心演出发生在自己身上的真实故事：兄妹俩出生在美国南方的一个小镇，那里暴力肆虐，清教思想肆虐，强悍的母亲威胁要送丈夫去精神病院。于是，丈夫在开枪杀死妻子后自杀，兄妹则变成孤儿躲在老房子里。他们拒绝与外界沟通，成为心灵的逃亡者，不敢正视现实。正如《夏日旅馆的服装》中的典型论断："我们都不是野兽，但是却残忍地伤害彼此。""威廉斯总是用戏剧技巧刻画人物内心的幽闭。"[①]兄妹在一个无意义的宇宙中相互扶持，相互安慰。换句话说，即使艺术家死了，但艺术仍然还在那里。艺术的生命力和影响力不会因为某个艺术家的逝去而退去光芒，艺术创造的力量是永恒的。威廉斯在后期剧作中大胆描写酗酒、吸毒、精神分裂等一般剧本很少涉及的戏剧主题。而这些题材大多来源于他本人的亲身经历。

黑色喜剧也体现在威廉斯后期创作的主题上。在描写性关系时，

---

① Thomas Postlewait. Special Order and Meaning in the Theatre: The Case of Tennessee Williams [J].Assaph: Studies in the Theatre, 1994（10）：64.

威廉斯也是采取了白描式的手法。他认为关于色情和淫秽的描述只是现实生活的真实反映，男女之间需要真实而鲜活的关系，爱和性的信念是维持人类存在最强劲的动力。这一主题思想贯穿了《蜥蜴之夜》《牛奶车不再在此停留》《在一家东京旅店的酒吧里》《滑稽悲剧》《地球王国》等重要剧作。从这一点可以看到英国作家劳伦斯对他的深刻的影响。因此，威廉斯后期的创作侧重人与人之间的关系，尤其是男人和女人之间的关系，爱人之间在精神上和肉体上高度统一是非常重要的。如《夏与烟》中的阿尔玛与约翰、《蜥蜴之夜》中的玛克辛和香侬都是通过和谐而健康的性关系使敌对的两种势力——精神和肉体——达到完美的平衡。《夏与烟》中阿尔玛与约翰获得了一个晚上暂时的团聚。剧本的核心思想就是："世界上没有任何事会比男人和女人之间的关系更加重要。和谐的性行为是人类抵御外界一切邪恶势力的源泉，也是人类爱的基础。"

在威廉斯早期的戏剧中，主人公多为出身名门的南方贵族后裔，他们享受社会文化环境所带来的优越感。但是随着南方社会的解体和南方文化的崩垮，这些南方的淑女绅士沦为可怜可悲的无家可归的精神物质双重逃亡者。但是南方贵族的血统和根深蒂固的道德操守一方面使他们在言谈举止和行为方式上依然保留着优雅的文化内涵，另一方面也将他们推向南方文化没落的无底深渊，痛苦地挣扎在信仰危机的边缘。例如《欲望号街车》中的布兰奇和《玻璃动物园》中的阿曼达。而在其后期戏剧中，威廉斯一直在努力创作出更贴近生活的反英雄式主人公。威廉斯式反英雄主人公出身卑微，生活在社会最底层，在生活中屡遭失败一方面是由于外界环境的压力，更重要的是其自身固有的弱点或者变态性行为使之无法逃脱灾难，

威廉斯早期致力于写戏剧诗，用抒情的语言描写恐惧、焦虑、孤独和痛苦，尤其擅长塑造美国南方女性的优雅和哀婉，剧本读起来有如诗歌般柔和含蓄之美。但是渐渐地，剧本中大量对性和暴力行为的描写使他受到种种误解和非难。《时代》周刊异常野蛮地攻击威廉斯在1945年

到1961年间的任何剧本或出版物，将其作品比作"散发臭气的泥沼"。1970年，威廉斯在一次电视采访中承认自己是同性恋者，首次对公众的自白不仅使同性恋行为获得了舆论的宽容，而且还促使人们重新审视其剧作的深刻内涵。他在之后的采访中说，"我现在做的是完全不同的，完全是我自己的，并没有受到国内外任何剧作家或者其他戏剧学派的影响，我的作品一直是用任何一种恰当的形式表达我的生存体验"①。1975年，威廉斯的自传体《回忆录》问世，威廉斯通过对他本人私生活开诚布公的详尽描述进一步澄清了生活与艺术互生互动的密切关系，这也是他在后期剧作中反复阐释的。前言中，威廉斯说自己愈来愈着迷于一种全新的戏剧表现形式，就是"坦白的自我揭示"。他在书中谈到自己不同时期、不同程度的同性恋情，从两情相悦的一夜情到刻骨铭心的生死之恋。我们似乎可以这样推断：威廉斯的文学创作与他本人的私生活息息相关。一方面，这是一种文学创作技巧，一种掩饰手段；另一方面，也是剧作家潜在的灵魂透视。后期戏剧一个重要的主题就是：艺术家和"无情节"的故事更让人难忘，主人公无须刻意地体验生活的错位，只是自然地表现生活的片段。

对于威廉斯来说，人类性行为的力量与艺术的作用势均力敌。他50年代作品的特点之一就是性暴力情节泛滥，如《琴神下凡》中的暴死、《去夏突至》中的同性恋和食人行为、《可爱的青春鸟》中阉割等都是耸人听闻的暴力情节。然而，综观威廉斯的剧作，我们发现这些情节并不为性服务，如威廉斯自己所言"我用了所有能用的技巧去吸引住观众，我也使用了性——不过是手段，我本身就感性，而且喜欢用有关性的场景，但重点不再是性欲"②，仅仅是象征性地运用暴力事件讲述生活中某个令人嫌恶的现实状况而已。到了60年代，威廉斯也厌烦了采用

---

① Ruas, Charles. Conversation with American Writer [M]. New York: Knopf: Distributed by Random House, 1985: 77.

② Ruas, Charles. Conversation with American Writer [M]. New York: Knopf: Distributed by Random House, 1985: 86.

这些暴力形式，他在1960年6月27日的《新闻周刊》中说道："兽性的暴力行为仍然存在，但是我不想再写了，几年以来我一直专注于破坏性的本能欲望，从现在开始我想放眼于生活的友善的一面。"①和谐的性关系激发了主人公对幸福生活的热爱以及对美好未来的追求，使他们不再思想守旧，泯灭人性，从而获得精神富足和灵魂再生。然而，性爱本身并不是终极目标，它只是精神世界圆满的一种外在表现形式，是人类身体内部力量的一个积聚。

威廉斯曾经说过，"所有的作家都有停滞期……这看起来似乎是江郎才尽，其实是在完成一部作品之后心力交瘁、筋疲力尽了，我需要休息，重新积聚力量，创造欲是人类最强烈的生命动力之一……我相信我会写的更多、更好"②。性、暴力和南方色彩是他戏剧创作中永恒不变的三个主题，而其前期和后期戏剧的表现形式却不尽相同，早期家庭悲剧逐渐地被后期狂欢式的离奇黑色喜剧所替代。

---

① Stanton S. Stephen. Ed. Tennessee Williams: A Collection of Critical Essays, "The Countess: Center of This Is (An Entertainment)" [C]. New Jersey: Prentice- Hall, Inc., Englewood Cliffs, 1977: 8.

② Ruas, Charles. Conversation with American Writer [M]. New York: Knopf: Distributed by Random House, 1985: 1.

结　语

　　本书聚焦于威廉斯的伦理观，探究了其伦理观形成原因及在艺术创作中的体现。对威廉斯戏剧中的伦理道德主题，从人与社会、人与他人、人与自我三维关系予以解读，探讨作品中的伦理内涵与作者的伦理关怀。

　　该书讨论作家创作中的社会道德危机意识，并将相应的分析置于其创作的历史背景之中，以突出其道德危机意识的现实性，以及社会整体的道德风貌；阐明威廉斯伦理道德思想形成的原因。触及其作品中人物伦理身份的缺失与背弃，所面临的伦理困境及寻求伦理意识的过程中所做出的伦理选择。而后将威廉斯的剧作置于文学伦理学的视域下，研究其作品中的伦理因素，对威廉斯剧作中的各种生活、社会关系和现象进行客观的伦理分析和道德评价。并总结出威廉斯的伦理诉求。在人与社会的层面上，本书探讨了其笔下不合时宜的南方中下层社会小人物，得出其"求真"的伦理主张：积极面对变化，改变自己命运；在人与他人的层面上，通过对家庭成员关系的关注，得出其"求善"的伦理诉求：要有责任感，互助互爱，相互关心；在人与自我方面，通过分析其笔下失意的女性形象所面对的伦理困惑，得出其"求圣"的伦理诉求：独立、自省、正确认识自我，实现身心和谐。

威廉斯生活的年代是美国南方传统文化受到北方文化侵袭后濒临毁灭的时期。美国南方文化的形成与南北战争密不可分。美国南方在社会发展模式和文化传统上都迥异于北方，各州之间有着很强的文化向心力。这种向心力的形成是基于各州相近的地理环境和共同的历史境遇。温暖潮湿的气候和肥沃的土壤条件让南方成了美国的粮仓。农业是这个地区主导的经济支柱。在南北战争后，南方奴隶制虽被废除，但当地生产仍以种植园经济体制为主。

到了20世纪前期，整个美国南方才经历了南北战争之后的最重大变革。美国南方原有的传统是建立在小农生产关系之上的。人们生活悠闲，不崇尚物质金钱，人与人之间的关系充满了愉快和谐。但在北方现代化的侵蚀下，南方逐渐将金钱经济视为新的"宗教"，艺术、浪漫、忠诚、友善等传统被认为不合时宜而惨遭扼杀。而在人际关系上，最大的变化莫过于竞争伦理把人降格成所谓的"经济人"。在这种伦理观的影响下，满足个人的私欲成了处理人际关系的基本原则。历史学家艾伦·崔切伯格曾认为，新南方的兴起包括机械化和福特式生产方式的发展普及、日常生活的辖域化城市病态的恶性膨胀、商业化消费享乐文化的膨胀等，这些变化汇成了一个整体的"文化转型"，这个转型来得太迅速、太彻底了，许多人不能彻底地理解这些剧变。

威廉斯目睹了南方社会在现代化侵袭下的溃败，也体验了南方社会中的小人物在现代工业化转型过程中的艰难和痛苦遭遇。在他的作品中对南北文化冲突的创作可见一斑。尤其是在威廉斯的家庭剧中美国南方地域文化危机被详尽地记录了下来，可以说威廉斯的家庭剧投射和展示了美国南方人在时代转型中的心理变化和痛苦。他丰富的人生阅历与感悟为其文学创作提供了多彩的关乎人性、情感、宗教的素材。纵观威廉斯的作品，他关怀现实、关怀南方、关爱人生。在创作实践中，他思索南北文明冲突下人们的伦理困境及其出路问题，并为人们提供现实而深切的伦理关怀。可以说，田纳西·威廉斯是当代西方社会弊病的揭示者，精神生活的启示者。

威廉斯不是政治家，却有着强烈的社会使命感；威廉斯不是神学家，却在作品中为人们提供灵性关怀；威廉斯不是伦理学家，却在作品中为人们提供伦理关怀。他是享誉世界的剧作家，不妨说，世界当代文学，由于威廉斯的存在，其色彩更加斑斓。

笔者不敢妄言对文学伦理学批评的认识有多深刻，更不敢妄言对威廉斯作品的伦理内涵研究有多透辟，由于国外威廉斯研究资料的匮乏，加之有限的学识、眼界以及文学训练，该研究还有许多值得进一步思考与研究之处，我们将留在以后继续探讨。

参考文献

一、中文部分

[1] 艾枚.探寻田纳西·威廉斯剧作中的家庭剧结构模式[J].山东艺术学院学报,2004(2).

[2] 阿尔伯特·莫德尔.文学中的色情动机[M].刘文荣,译.上海:文汇出版社,2006.

[3] 安托南·阿尔托.残酷戏剧——戏剧及其重影[M].桂裕芳,译.北京:中国戏剧出版社,1993.

[4] 白先勇.白先勇经典作品[M],北京:当代世界出版社,2004.

[5] 白先勇.第六只手指[M].广州:花城出版社,2000.

[6] 白先勇.人生如戏[M].白先勇文集(第4卷).广州:花城出版社,2000.

[7] 白先勇.社会意识与小说艺术[M].白先勇文集(第4卷).广州:花城出版社,2000.

[8] 白先勇.台北人[M].北京:作家出版社,2001.

[9] 白先勇.为逝去的美造像[M].白先勇文集(第5卷).广州:花城出版社,1999.

[10] 查尔斯·查德维克.象征主义[M].肖聿,译.山西:北岳文艺出版社,

1989.

[11] 车文博. 弗洛伊德主义原著选辑 [M]. 鞍山: 辽宁人民出版社, 1987.

[12] 蔡克健. 访问白先勇 [M]. 白先勇文集(第 4 卷). 广州: 花城出版社, 2000.

[13] 陈厚城, 王宁. 西方现代文学批评在中国 [M]. 天津: 百花文艺出版社, 2000.

[14] 陈世雄, 周宁. 20世纪西方戏剧思潮 [M]. 北京: 中国戏剧出版社, 2000.

[15] 丹尼尔·霍夫曼. 美国当代文学 [M]. 王逢振, 等, 译. 北京: 中国文艺联合出版公司, 1984.

[16] 董衡巽. 美国文学简史 [M]. 北京: 人民文学出版社, 2003.

[17] 杜定宇. 美国当代戏剧家威廉斯 [J]. 戏剧学习, 1979 (2).

[18] 恩威·沃蒂斯. 二十世纪西方戏剧指南 [M]. 周豹娣, 译. 上海: 百家出版社, 2006.

[19] 方军, 刘诺亚. 论田纳西·威廉斯 "诗化现实主义" 的成熟——《玻璃动物园》和《欲望号街车》中的象征主义和表现主义之比较研究 [J]. 荆门职业技术学院学报, 2001(2).

[20] 弗洛伊德. 弗洛伊德后期著作选 [M]. 林尘, 张唤民, 译. 上海: 上海译文出版社, 1986.

[21] 弗洛伊德. 精神分析引论 [M]. 高觉敷, 译. 北京: 商务印书馆, 2004.

[22] 弗洛伊德. 精神分析引论新编 [M]. 高觉敷, 译. 北京: 商务印书馆, 2004.

[23] 弗洛伊德. 日常生活的精神病理学 [M]. 彭丽新, 译. 北京: 国际文化出版公司, 1999.

[24] 弗洛伊德. 图腾与禁忌 [M]. 杨韶刚, 等, 译. 北京: 中央编译出版社, 2005.

[25] 弗洛伊德. 文明与缺憾 [M]. 傅雅芳, 译. 合肥: 安徽文艺出版社, 1996.

[26] 弗洛伊德. 性爱与文明 [M]. 滕守尧, 译. 长春: 吉林摄影出版社,

2004.

[27] 郭继德. 当代美国戏剧发展趋势[M]. 济南: 山东大学出版社, 2009.

[28] 何怀宏. 伦理学是什么[M]. 北京: 北京大学出版社, 2002.

[29] 郝俊杰. 布鲁斯: 美国黑人忧伤的音乐和文学诉说——布鲁斯及其在
《看不见的人》和《所罗门之歌》中的运用[J]. 河南师范大学学报(哲
学社会科学版), 2006(5).

[30] 胡铁生. 论美国现代社会悲剧的特质[J]. 戏剧文学, 2004(9).

[31] 霍尔. 弗洛伊德心理学入门[M]. 陈维正, 译. 北京: 商务印书馆, 1985.

[32] 江少川. 白先勇小说诗学初探[J]. 华中师范大学学报, 2005(3).

[33] 蒋贤萍. 重新想象过去——田纳西·威廉斯剧作中的南方淑女[M]. 北
京: 光明日报出版社, 2013.

[34] 金莉. 文学女性与女性文学[M]. 北京: 外语教育与研究出版社, 2004.

[35] 凯瑟琳·休斯. 当代美国剧作家[M]. 谢榕津, 译. 北京: 中国戏剧出版
社, 1982.

[36] 雷蒙·威廉斯. 现代悲剧[M]. 丁尔苏, 译. 南京: 译林出版社, 2007.

[37] 李定清. 文学伦理学批评与人文精神建构[J]. 外国文学研究, 2006
(1).

[38] 李建中. 爱欲人格: 弗洛伊德[M]. 武汉: 长江文艺出版社, 1996.

[39] 黎林. 一首哀婉动人的抒情诗——试析《玻璃动物园》的诗化艺术
[J]. 华侨大学学报(哲学社会科学版), 2004(2).

[40] 李涛. 日常生活的幻觉[M]. 长春: 吉林美术出版社, 1999.

[41] 李扬. 美国南方文学后现代时期的嬗变[M]. 济南: 山东大学出版社,
2006.

[42] 凌继尧. 西方美学史 [M]. 北京: 北京大学出版社, 2004.

[43] 凌继尧, 季欣. 浪漫主义美学与艺术学的理论思考[J]. 东南大学学报
(哲学社会科学版), 2004 (5).

[44] 刘建军. 文学伦理批评的当下性质[J]. 外国文学研究, 2005(1).

[45] 刘颖. 《欲望号街车》的伦理学解读[D]. 杭州: 杭州电子科技大学,

2010.

[46] 鲁比·科恩. 二十世纪的戏剧 [A]. 默里·埃利奥特主编. 哥伦比亚美国文学史. 成都: 四川辞书出版社, 1994.

[47] 罗国杰. 伦理学 [M]. 北京: 人民出版社, 1989.

[48] 陆扬. 精神分析文论 [M]. 济南: 山东教育出版社, 1998.

[49] 罗德·霍顿. 美国文学思想背景 [M]. 房炜, 等, 译. 北京: 人民文学出版社, 1991.

[50] 罗钢. 浪漫主义文艺思想研究 [M]. 西安: 陕西人民出版社, 1986.

[51] 马丁·艾斯林. 戏剧剖析 [M]. 罗婉华, 译. 北京: 中国戏剧出版社, 1981.

[52] 马新国. 西方文论史 [M]. 北京: 高等教育出版社, 2002.

[53] 苗力田. 西方哲学新篇幅 [M]. 北京: 人民出版社, 1998.

[54] 聂珍钊. 文学伦理学批评导论 [M]. 北京: 北京大学出版社, 2014.

[55] 聂珍钊. 文学伦理学批评: 文学批评方法新探索 [J]. 外国文学研究, 2004 (5).

[56] 聂珍钊. 文学伦理学批评与道德批评 [J]. 外国文学研究, 2006 (2).

[57] 聂珍钊. 伦理禁忌与俄狄浦斯的悲剧 [J]. 学习与探索, 2006 (5).

[58] 聂珍钊. 文学伦理学批评: 基本理论与术语 [J]. 外国文学研究, 2010 (1).

[59] 聂珍钊. 文学伦理学批评在中国 [J]. 杭州师范大学学报 (社会科学版), 2010 (5).

[60] 聂珍钊. 文学伦理学批评: 伦理选择与斯芬克斯因子 [J]. 外国文学研究, 2011 (6).

[61] 聂珍钊. 谈文学的伦理价值和教诲功能 [J]. 文学评论, 2014 (2).

[62] 聂珍钊. 文学伦理学批评: 论文学的基本功能与核心价值 [J]. 外国文学研究, 2014 (4).

[63] 欧阳子. 白先勇的小说世界 [M]. 白先勇文集 (第 2 卷). 广州: 花城出版社, 2000.

[64] 庞好农. 新编英美文学概论 [M]. 汕头: 汕头大学出版社, 2001.

[65] 钱果长. 论白先勇的文学批评 [J]. 乐山师范学院学报, 2010 (6).

[66] 史志康. 美国文学背景概况 [M]. 上海: 上海外语教育出版社, 1998.

[67] 宋希仁. 西方伦理思想史 [M]. 北京: 中国人民大学出版社, 2010.

[68] 孙白梅. 西洋万花筒——美国戏剧概览 [M]. 上海: 上海外语教育出版社, 2001.

[69] 汤红. 从《蜥蜴之夜》看田纳西·威廉斯的生态观 [J]. 安徽工业大学学报, 2011 (4).

[70] 田纳西·威廉斯. 外国当代剧作选3·蜥蜴的夜晚 [M]. 安曼, 译. 北京: 中国戏剧出版社, 1992.

[71] 田纳西·威廉斯. 热铁皮屋顶上的猫 [M]. 陈良延, 译. 北京: 中国社会科学出版社, 1982.

[72] 田纳西·威廉斯. 玻璃动物园 [M]. 鹿金, 译. 上海: 上海译文出版社, 1982.

[73] 田纳西·威廉斯. 欲望号街车 [M]. 孙白梅, 译. 上海: 上海译文出版社 1991.

[74] 田文信. 论浪漫主义 [M]. 北京: 文化艺术出版社, 1988.

[75] 童庆炳. 文艺心理学教程 [M]. 北京: 高等教育出版社, 2001.

[76] 汪义群. 当代美国戏剧 [M]. 上海: 上海外语教育出版社, 1991.

[77] 王晋民. 白先勇传 [M]. 香港: 华汉文化事业公司出版社, 1992.

[78] 王光荣. 现代美国小说史 [M]. 上海: 上海外语教育出版社, 1990.

[79] 王恒生. 家庭伦理道德 [M]. 北京: 中国财政经济出版社, 2001.

[80] 吴富恒. 美国作家论 [M]. 济南: 山东教育出版社, 1999.

[81] 肖明翰. 福克纳与美国南方文学传统 [J]. 四川师范大学学报 (社会科学版), 1996 (1).

[82] 王琨.《玻璃动物园》——一部家庭伦理悲剧 [J]. 文学界, 2011 (9).

[83] 徐锡祥, 吾文泉. 论《欲望号街车》中的象征主义和表现主义 [J]. 外国文学研究, 1999 (3).

[84] 亚里士多德. 尼各马可伦理学 [M]. 廖申白, 译. 北京: 商务印书馆, 2009.

[85] 杨仁敬. 20世纪美国文学史 [M]. 青岛: 青岛出版社, 2000.

[86] 杨影. 当代中国的文学伦理学批评研究 [D]. 上海: 华东师范大学, 2017.

[87] 袁可嘉. 欧美现代派文学概论 [M]. 桂林: 广西师范大学出版社, 2003.

[88] 曾忠禄. 哥特式小说的源流与发展 [J]. 四川师范学院学报, 1993 (4).

[89] 章渡. 白先勇与田纳西·威廉斯 [J]. 世界华文文学论坛, 2004 (2).

[90] 张隆溪. 二十世纪西方文论述评 [M]. 北京: 三联书店出版社, 1986.

[91] 张首映. 西方二十世纪文论史 [M]. 北京: 北京大学出版社, 1999.

[92] 张晓梅, 吴瑾瑾. 南方文学、地域特性与文化神话——美国南方 "重农派" 文学运动研究 [J]. 东岳论丛, 2013 (6).

[93] 孙宜学. 中外浪漫主义文学导引 [M]. 上海: 同济大学出版社, 2001.

[94] 张新颖. 田纳西·威廉斯剧作的边缘主题研究 [M]. 北京: 科学出版社, 2011.

[95] 张耘. 现代西方戏剧名家名著选评 [M]. 北京: 外语教学与研究出版社, 1999.

[96] 赵乐甡. 西方现代派文学与艺术 [M]. 北京: 时代文艺出版社, 1986.

[97] 周维培. 现代美国戏剧史 (1900—1950) [M]. 南京: 江苏文艺出版社, 1997.

[98] 周维培. 当代美国戏剧史 (1950—1995) [M]. 南京: 南京大学出版社, 1999.

[99] 左宜. 外国当代剧作选 [M]. 北京: 中国戏剧出版社, 1992.

(二) 英文部分

[1] Abbotson, S. C. W.. Thematic Guide to Modern Drama [M]. Connecticut: Greenwood Press, 2003.

[2] Armand, Barton. The Mysteries of Edgar Poe, in The Gothic Imagination [M]. Washington: Washington State University, 1972.

[3] Bigsby, C. W. E.. A Critical Introduction to Twentieth-century American

Drama [M]. Cambridge: Cambridge University Press, 1984.

[4] Bigsby, C. W. E.. Modern American Drama 1945-1990 [M]. New York: Cambridge University, 1980.

[5] Bressler, C. E.. Literary Criticism [M]. Beijing: Higher Education Press, 2004.

[6] Cash, W. J. The Mind ofthe South [M]. New York: Alfred A. Knopf Inc., 1941.

[7] Clum, John M. Still Acting Gay: Male Homosexuality in Modern Drama [M]. New York: Palgrave Macmillan, 2000.

[8] Corrigan, Mary Ann, Realism and Theatricalism in A Streetcar Named Desire [J]. Modern Drama, 19, 1976.

[9] Crandell, George W.. The Critical Response to Tennessee Williams [C]. Westport, Connecticut: Greenwood Press, 1996.

[10] Eagleton, T.. Literary Theory: An Introduction [M]. Oxford: Blackwell Publishers Ltd, 1996.

[11] Esther, Jackson. The Broken World of Tennessee Williams [M]. Madison: University of Wisconsin Press, 1965.

[12] Ford, Marilyn Claire. "Suddenly Last Summer. " Tennessee Williams: A Guide to Research and Performance [M]. Ed. Philip C. Kolin. Westport: Greenwood Press, 1998.

[13] Griffin, Alice. Understanding Tennessee Williams [M]. Columbia: University of South Carolina, 1995.

[14] Gruen, John. "Tennessee Williams. " Conversations with Tennessee Williams [M].Oxford: University Press ofOxford,1986.

[15] Gilbert Debusscher. Ceative Rewriting: European and American influences on the Dramas of Tennessee Williams [A]. The Cambridge Companion to Tennessee Williams. Shanghai: Shanghai Foreign Language Education Press, 2000.

[16] Guerin W. L.. A Handbook of Critical Approaches to Literature [M].
Beijing: Foreign Language Teaching and Research Press, 2004.

[17] Hall, C. S., Lindzey, Gardner. Theories of Personality [M]. Toronto:
John Wiley & Sons, Inc., 1998.

[18] Jacobus, Lee, A.. The Bedford Introduction to Drama [M]. Boston: St.
Martin's Press, 2003.

[19] Knellwolf, Christa, Norris Christopher. The Cambridge History of
Literary Criticism [M]. Cambridge: Cambridge University Press, 2001.

[20] Krapp, John. An Aesthetics of Morality [M]. Columbia: University of
South Carolina Press, 2002

[21] Lichtenstein, Jesse. A Streetcar Named Desire [M]. Tianjin: SparkNotes
LLC, 2003.

[22] Mark, Royden Winchell, "The Myth is the Message, or Why Streetcar
Keeps Running, " Confronting Tennessee Williams's A Streetcar
Named Desire: Essays in Critical Plurialism, Ed. Philip C. Kolin [J].
New York & London: Greenwood Press, 1993.

[23] Corber, Robert J. Homosexuality in Cold War America: Resistance and
the Crisis of Masculinity [M]. Durham: Duke University Press, 1997.

[24] Ehrenhaft, George. Tennessee Williams's The Glass Menagerie and A
Streetcar Named Desire [M]. New York: Barron's Educational Series,
1985.

[25] Elliott, Emory. The Columbia Literary History of the United States [M].
New York: Columbia University Press,1988.

[26] Mariemulvey, Robert. The Handbook to Gothic Literature [M]. New
York: New York University Press, 1998.

[27] Pagan, Nicholas. Rethinking Literary Biography: A Postmodern
Approach to Tennessee Williams [M]. New Jersey: Fairleigh Dickinson
University Press, 1993.

[28] Parker, Dorothy. Essays on Modern American Drama [C]. Toronto: University of Toronto Press. 1987.

[29] Roudanè, Matthew, C.. The Cambridge Companion to Tennessee Williams [C]. Shanghai: Shanghai Foreign Language Education Press, 2000.

[30] Sahu, Dharanidhar. Cats on a Hot Tin Roof: A study of the Alienated Characters in the Major Plays of Tennessee Williams [M]. Delhi: Academic Foundation, 1990.

[31] Sigmund, Freud. A General Introduction to Psychoanalysis [M]. New York: Horace Liverright, Inc., 2001.

[32] Sigmund, Freud. Interpretation of Dreams [M]. Beijing: Foreign Language Education Press, 1997.

[33] Spoto, Donald. The Kindness of Strangers: The Life of Tennessee Williams [M]. Boston: Little, Brown and Company, 1985.

[34] Stanton, S. S.. Tennessee Williams: A Collection of Critical Essays [C]. New Jersey: Prentice-Hall, Inc. & Englewood Cliffs, N. J. 1977.

[35] Tate, Allen. Essays of Four Decades [M]. Chicago: Swallow, 1968.

[36] Thomas E Porter, Myth and Modern American Drama [M]. Detroit: Wayne State University Press, 1969.

[37] Thompson, Judith J. Tennessee Williams' Plays: Memory, Myth, and Symbol [M]. New York: Peter Lang Publishing Group, 2002.

[38] Vinston, James. Contemporary Dramatist [C]. Boston: St. Martin's Press, 1973.

[39] Hart Crane. The Complete Poems of Hart Crane [M]. New York:Liver Publishing Corporation,2001.

[40] Williams, Tennessee. A Streetcar Named Desire [M]. New York: Penguin Books Press, 1975.

[41] Williams, Tennessee. Cat on a Hot Tin Roof, [M]. New York: New

Directions Publishing Corporation, 2004.

[42] Williams. Tennessee. Memoirs [M]. New York: Doubleday&Company Inc, 1975.

[43] Williams, Tennessee. Summer and Smoke [M]. New York: Two Rivers Enterprises, Inc., 1948.

[44] Williams, Tennessee. The Night ofthe Iguana [M]. New York: Two Rivers Enterprises, Inc., 1961.

[45] X. J. Kennedy. Literature An Introduction to Fiction, Poetry and Drama [M]. Harper Collins Publishers, 1991.

[46] Zhu Gang. Twentieth Century Western Critical Theories [M]. Shanghai: Shanghai Foreign Education Press, 2001.

田纳西·威廉斯生平年表

1911年3月26日，田纳西·威廉斯生于密西西比州哥伦布市。父亲是个推销员，母亲是典型的南方贵族小姐。外祖父是达金牧师，而外祖母在音乐方面造诣颇深。

1916年，因患有白喉而差点丧命。

1918年，父亲被调往国际鞋业公司在圣路易的部门经理。威廉斯和母亲搬到那里与父亲团聚。1919年，弟弟沃尔特·威廉斯出生。

1920年，威廉斯回到密西西比州的外祖父的家。

1926年1月22日，威廉斯在《少年生活》上发表了一首题为《往事》的诗歌。

1926年6月，母亲把家搬到圣路易斯的大学城以便威廉斯能够进入大学城的中学读书。一住便是十年。

1929年，威廉斯结束了高中学习，进入了密苏里大学新闻专业学习，并继续学习写作。期间，创作独幕剧《那就是美》，被认为是威廉斯创作的第一部戏剧。

1930年，威廉斯钟爱的黑兹尔移情别恋，他通过写作去宣泄内心中的哀伤。

1931年，威廉斯没有通过美国后备军官训练队的课程，引起父亲的不满。之后的三年，在父亲的坚持下，威廉斯在其父原来工作过的鞋厂仓库工作。这段生活令人感到压抑和孤独，使他感到前途渺茫。只有通过写作才能使自己感到自由，呼吸畅快。

1935年1月，威廉斯的诗体小说获得了圣路易斯《作家指南》的一等奖，奖金十美元。同年7月12日，威廉斯的独幕喜剧《开罗！上海！孟买！》上演，是其第一部得以上演的剧作。

1936年，进入圣路易斯的华盛顿大学学习。创作的两部短剧《魔塔》和《新闻摘要》在当地公演。

1937年，威廉斯创作的多幕剧《徒劳》和《逃亡者》由圣路易斯的哑剧剧社搬上了舞台。同年，他离开华盛顿大学，到衣阿华大学师从爱德华·马彼教授学习戏剧创作。即使这位教授会耻笑他的娘娘腔，但是威廉斯仍然很尊敬这位教授。

1938年，威廉斯大学毕业，获得学士学位。同年，姐姐罗斯接受了前脑叶白质切除术。得知罗斯已经完成了前脑叶白质切除术造成的严重后果——罗斯只有六岁孩子的智商，使她完全丧失了自我和个性。这令威廉斯后悔不已，深深自责。

1939年，威廉斯创作的一组独幕剧包括《美国人的忧郁》《被揉碎了的牵牛花的盒子》等在一项由同仁剧院赞助的竞赛中获特别奖，并因此获得奥德丽·伍德的注意，后来她成为他的助理。同年，短篇小说《忧郁儿童的地盘》在《故事》杂志上发表。同年，《与夜莺无关》在圣路易斯上演，获得洛克菲勒基金会1000美元赞助。他得以到美国各地旅行，并拜访了他崇敬的作家劳伦斯的遗孀。开始使用笔名——田纳西。

1940年，《后会有期》在纽约上演。同年，《天使之战》在波士顿上演，遭到失败。从那以后，他开始了一段动荡不安的生活，做过很多零工。

1941年，独幕剧《慕尼的孩子别哭》入选"1940年最佳独幕剧"。

1942年，《此地不宜久留》在纽约上演。

1943年，在奥德丽·伍德的帮助下，威廉斯成了米高梅影片公司的编剧，签了6个月的合同。但令人遗憾的是，米高梅电影公司对他煞费苦心写出来的剧本并不看好，而威廉斯也无法忍受各种清规戒律的约束。合同结束后就没有再续签。同年，三幕剧《你碰我！》被克里夫兰剧院搬上舞台，获得全国文学艺术协会颁发的奖金1000美元。

1944年，《斋戒》在加利福尼亚帕萨迪纳上演。同年12月26日在芝加哥城市剧场上演了他的《玻璃动物园》。到27日下午，剧场惨淡。直到纽约以外最具影响力的评论家之一、《芝加哥论坛》报戏剧与音乐评论家克劳迪娅极力推崇这部剧作，认为它犹如"黄昏中的一场梦，一部精致优雅的剧作，它通过无数个触角慢慢伸出、试探着触及，最后完全抓住观众的心"。两个星期后，获得纽约戏剧评论家协会奖。该剧在纽约上演了561场，用他独特的"造型戏剧"改变传统的现实主义的表现手法。从此，威廉斯真正开始了自己的创作生涯。

1946年，独幕剧《27辆装满棉花的马车》发表。整个夏季与南方著名小说家麦卡勒斯一起度过，每天早晨他们各占长桌的一头进行写作。

1947年，《夏与烟》在得克萨斯州的达拉斯首演，《欲望号街车》在百老汇上演。该剧共演出855场，为作者赢来第二个纽约戏剧评论家协会奖和第一个普利策奖。随后，该剧又在伦敦和巴黎演出，引起轰动。因此树立了威廉斯国际著名剧作家的声望。

1950年，小说《斯通太太的罗马之春》出版。《玻璃动物园》被搬上银幕。

1951年，《玫瑰黥纹》在百老汇上演，获得托尼最佳戏剧奖。同年，《欲望号街车》被搬上银幕。

1952年，电影《欲望号街车》获得纽约电影评论奖和各种学院奖。田纳西也因此成为国家文学艺术学院终身会员。4月24日，《夏与烟》在百老汇上演。

1953年，《大路》首演。与之前的剧作有所不同，威廉斯更多使用了实验性的戏剧技法，采用表现主义手法，使得戏剧语言诗化。同年，超现实主义剧作《卡米诺·里尔》上演遭到失败。

1955年3月24日，《热铁皮屋顶上的猫》在百老汇上演，获得巨大成功，为作家第三次赢得了纽约戏剧评论家协会奖，第二次赢得了普利策奖。

1957年，威廉斯改写了《天使之战》的大部分情节，变成了《琴神下凡》。于4月8日在纽约上演，但没有获得成功。威廉斯开始对弗洛伊德的精神分析理论越来越感兴趣，并开始酗酒，剧本也越来越暴力。

1958年，《去夏突至》在纽约上演。这部有关同性恋题材的剧作获得了剧评家的赞美，也特别卖座。

1959年，《可爱的青春鸟》上演获得成功。电影《去夏突至》上映。

1960年，由《琴神下凡》改编的电影《逃亡者》上映，获得观众的喝彩和剧评家的好评。

1961年12月29日，《蜥蜴之夜》在纽约上演。为威廉斯赢得第四个纽约戏剧评论家协会奖，这也是威廉斯最后一个在百老汇上演并获奖的剧作。电影《夏与烟》和《斯通太太的罗马之春》上映。

1962年3月9日，《时代周刊》称威廉斯是当今在世的最伟大的剧作家。

1963年1月16日，《牛奶车不再在此停留》在纽约上演，遭遇失败。这次失败加上他外祖父的离去、爱人的逝去使得威廉斯越来越多地依赖酒精和毒品来派遣郁闷的心情。

1964年，电影《蜥蜴之夜》上映。

1965年，《蜥蜴之夜》在伦敦上演，并获伦敦评论奖的最佳外国戏剧奖。

1969年，威廉斯皈依罗马天主教。期间，被弟弟沃尔特送往精神病医院接受治疗达3个月。被密苏里大学授予博士称号。被美国文学艺术协会授予戏剧金质奖章。

1971年，《忏悔录》在缅因州上演。威廉斯解雇了给他当了30年的代理奥德丽·伍德。

1972年，《警告》在纽约上演。威廉斯获得全美戏剧大会奖和哈特福特大学授予他的荣誉博士称号。

1974年，《八个着了魔的女人》的出版获得娱乐名人堂奖和国家艺术俱乐部文学荣誉勋章。

1975年，威廉斯的传记《回忆录》出版。

1976年，《红色恶魔殴打的标记》在波士顿上演，仅10天就草草收场。

1977年，诗集《同性之恋》出版。《老广场》在纽约上演。弗罗里达吉斯社区学院将其艺术中心命名为田纳西·威廉斯艺术中心。

1980年，《梅里韦瑟先生会从孟菲斯回来吗？》在田纳西·威廉斯艺术中心上演。《夏日旅馆的服装》在芝加哥上演。

1983年2月25日，威廉斯因误吞药瓶瓶盖窒息而死在纽约的一家旅馆里。

田纳西·威廉斯作品一览表

1928年，短篇小说《尼托克丽丝的复仇》（*The Vegeance of Nitocris*）

1929年，独幕剧《那就是美》（*Beauty is the World*）

1935年，独幕轻喜剧《开罗！上海！孟买！》（*Cario! Shanghai! Bombay!*）

1936年，短剧《魔塔》（*Magic Tower*）

短剧《新闻摘要》（*Headlines*）

1937年，独幕剧《徒劳》（*Candle to the Sun*）

独幕剧《逃亡者》（*The Fugitive Kind*）

1939年，独幕剧组合《美国人的忧郁》（*American Blues*）

短篇小说《忧郁儿童的地盘》（*The Field of Blue Children*）

1940年，独幕剧《后会有期》（*The Long Goodbye*）

1942年，《此地不宜久留》（*This Property is Condemned*）

1943年，三幕剧《你碰我！》（*You Touched Me!*）

1944年，独幕剧《斋戒》（*The Purification*）

多幕剧《玻璃动物园》（*The Glass Menagerie*）

1945年，多幕剧《通向屋顶的楼梯》（*Stairs to the Roof*）

1946年，独幕剧《27辆装满棉花的马车》（*27 Wagons Full of Cotton*）

短剧《卡米勒瑞厄的十条街》（*Ten Blocks on the Camino Real*）

短篇小说《欲望与黑人男按摩师》（*Desire and the Black Masseur*）

1947年，多幕剧《夏与烟》（*Summer and Smoke*）

多幕剧《欲望号街车》（*A Streetcar Named Desire*）

1950年，小说《斯通太太的罗马之春》（*The Roman Spring of Mrs. Stone*）

多幕剧《玫瑰黥纹》（*The Rose Tatto*）

1953年，诗集《城里的冬季》（*In the Winter of Cities*）

1954年，短篇小说《硬糖》（*Hard Candy*）

1955年，多幕剧《热铁皮屋顶上的猫》（*Cat on a Hot Tin Roof*）

1956年，多幕剧《可爱的青春鸟》（*Sweet Bird of Youth*）

电影剧本《小姑妹》（*Baby Doll*）

1957年，多幕剧《琴神下凡》（*Orpheus Descending*）

1958年，多幕剧《去夏突至》（*Suddenly Last Summer*）

1958年，多幕剧《凤凰涅槃》（*I Rise in Flame，Cried the Phoenix*）

1960年，多幕剧《调整期》（*Period of Adjustment*）

1961年，多幕剧《蜥蜴之夜》（*The Night of the Iguana*）

1963年，多幕剧《牛奶车不再在此停留》（*The Milk Train Doesn't Stop Here Anymore*）

1968年，多幕剧《地球王国》（*Kingdom of Earth*）

1969年，多幕剧《在一家东京旅店的酒吧里》（*In the Bar of a Tokyo Hotel*）

1971年，多幕剧《忏悔录》（*Confessional*）

1972年，多幕剧《警告》（*I Small Craft Warnings*）

1973年，多幕剧《呐喊》（*Out Cry*）

1974年，多幕剧《八个着了魔的女人》（*Eight Mortal Ladies Possessed*）

1975年，小说《莫伊斯与合理的世界》（*Moise and the World of Reason*）

1976年，多幕剧《红色恶魔殴打的标记》（*The Red Devil Battery Sign*）

1977年，诗集《同性之恋》（*Androgyne Mon Amour*）

1978年，多幕剧《破碎的心》（*Creve Coeur*）

1980年，多幕剧《梅里韦瑟先生会从孟菲斯回来吗？》（*Will Mr. Merriwether Return from Memphis?*）

多幕剧《夏日旅馆的服装》（*Clothes for a Summer Hotel*）

1981年，多幕剧《有些迷茫，有些清晰》（*Something Cloudy, Something Clear*）